Bianca

Segunda boda

Lynne Graham

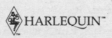

HARLEQUIN

Editado por HARLEQUIN IBÉRICA, S.A.
Núñez de Balboa, 56
28001 Madrid

I.S.B.N.: 978-84-671-9062-5
Depósito legal: B-35410-2010
Editor responsable: Luis Pugni
Preimpresión y fotomecánica: M.T. Color & Diseño, S.L.
C/ Colquide, 6 portal 2 - 3º H. 28230 Las Rozas (Madrid)
Impresión y encuadernación: LITOGRAFÍA ROSÉS, S.A.
C/ Energía, 11. 08850 Gavá (Barcelona)
Fecha impresion para Argentina: 23.5.11
Distribuidor exclusivo para España: LOGISTA
Distribuidor para México: CODIPLYRSA
Distribuidores para Argentina: interior, BERTRAN, S.A.C. Vélez
Sársfield, 1950. Cap. Fed./ Buenos Aires y Gran Buenos Aires,
VACCARO SÁNCHEZ y Cía, S.A.
Distribuidor para Chile: DISTRIBUIDORA ALFA, S.A.

Capítulo 1

ES TODO tuyo, el negocio, la casa y los terrenos –le confirmó el abogado.

Cuando Valente Lorenzatto sonreía, sus enemigos se ponían a cubierto. Hasta sus empleados habían aprendido a temerlo. Su sonrisa siempre era premonitoria de alguna amenaza. Mientras contemplaba los documentos que tenía delante, su generosa y sensual boca hizo que su atractivo rostro resultase escalofriante.

–Excelente trabajo, Umberto.

–Ha sido tu propio trabajo –le contestó el otro hombre–. Tu plan ha sido todo un éxito.

No obstante, Umberto habría dado cualquier cosa por saber por qué su jefe, que ya era inmensamente rico, había dedicado tanto tiempo y energía para planear la quiebra y posterior compra de una empresa de transporte inglesa y de una propiedad privada que a él no le parecía que tuvieran el suficiente valor financiero ni estratégico. Corría el rumor de que Valente había trabajado allí antes de hacer su primer gran negocio. Había sido después de esto cuando la familia Barbieri había decidido reconocerlo por fin como el nieto ilegítimo del conde Ettore Barbieri.

Aquella revelación, unida a su peculiar forma de vida y a su espectacular éxito gracias a la adquisición de varias empresas, había causado un gran revuelo público. Valente era un hombre muy inteligente, pero se le conocía sobre todo por su crueldad. El clan de los Barbieri había tenido mucha suerte al encontrar a una gallina de los huevos de oro en la familia en un momento en que su fortuna había necesitado un empujón. No obstante, el éxito de Valente en ese ámbito había servido de poco consuelo para aquellos familiares a los que acababa de recuperar, ya que el viejo conde Barbieri había empezado idealizándolo y había terminado por desheredar al resto de sus descendientes para dejárselo todo a él.

Los periódicos habían escrito acerca de aquello durante meses y a Valente le habían exigido que tomase el apellido Barbieri para poder heredarlo todo. No obstante, Valente, siendo Valente, un rebelde que no soportaba que le dijesen lo que tenía que hacer, había ido a juicio argumentando que estaba muy orgulloso del apellido de su madre, Lorenzatto, y que sería una ofensa a su memoria y a todo lo que había hecho por él. Todas las madres de Italia habían alabado su actitud y Valente había ganado el caso y se había convertido en uno de los más famosos multimillonarios del país, al que las personas más influyentes le preguntaban su opinión, y cuyos comentarios aparecían en todos los medios de comunicación. Por supuesto, era un hombre extremadamente fotogénico y tenía gran habilidad para los medios.

Valente despidió a Umberto y a otros miembros

de su plantilla y salió a tomar el aire a uno de los espléndidos balcones de piedra que daban al frecuentado Gran Canal de Venecia. La familia Barbieri se había quedado muy asombrada cuando Valente había decidido reformar el *palazzo* Barbieri para instalar en él la sede central de su empresa. Sólo había acondicionado una parte como su domicilio. Valente había nacido y crecido en Venecia y había tenido fe en que su difunto abuelo, Ettore, hiciese lo que tenía que hacer para preservar el *palazzo* para futuras generaciones y para momentos en los que la situación económica dejase de ser tan buena.

Valente dio un sorbo a su café solo y saboreó aquel momento, para el que había trabajado durante cinco largos años. Hales Transport ya era suya. Se había rendido a sus pies gracias al efecto tóxico de la incompetente y fraudulenta gestión de Matthew Bailey. Valente también se había convertido en el dueño de una vieja casa llamada Winterwood. Aquél era un momento de profunda satisfacción para él. Por regla general, no era un hombre ni paciente ni vengativo. Al fin y al cabo, no había buscado vengarse de su propia familia, que había obligado a su madre a trabajar de criada para poder mantenerlo. De hecho, si le hubiesen preguntado, Valente, al que le gustaba vivir el presente, habría dicho que los actos de venganza eran una pérdida de tiempo, y que era mejor seguir viviendo y olvidar el pasado, ya que el futuro era un reto mucho más emocionante.

Por desgracia, después de cinco años, todavía tenía que conocer a la mujer que lo excitase tanto como la que había estado a punto de convertirse en su esposa, la inglesa Caroline Hales. Una artista menuda, de pelo y ojos claros, que lloraba cuando se enteraba de que alguien había sido cruel con un animal, pero que lo había dejado plantado en el altar, sin dudarlo lo más mínimo, por un hombre más rico y con una mejor posición social que él.

Cinco años antes, Valente había sido un hombre trabajador, normal y corriente, que conducía un camión y trabajaba muchas horas para intentar levantar su propio negocio cuando tenía algo de tiempo libre. La vida había sido dura, pero buena, hasta que había cometido el enorme error de enamorarse de la hija del dueño de Hales Transport. Y Caro, como la llamaba su adorable familia, se había reído de él desde el principio. Les había tomado el pelo a los dos, a Matthew Bailey y a él, pero al final se había casado con el primero.

Valente ya no era un hombre pobre, sin poder. De hecho, había sido la rabia y la ira que le había causado imaginarse a la mujer a la que amaba desnuda con otro hombre lo que habían hecho que luchase tanto por tener éxito. Había pensado que así volvería a tener a Caroline desnuda entre sus brazos. Sonrió con ironía. Esperaba que la viuda a la que había visto fotografiada de luto mereciese la pena, después de tantos esfuerzos.

Al menos, se aseguraría de que, cuando le quitase la ropa negra, fuese por fin vestida a su gusto. Sacó su teléfono móvil y llamó a la tienda de lencería más exclusiva de Italia. Encargó un conjunto de la talla de Caroline, en tonos pastel, que realzarían su piel pálida y sus delicadas curvas. Se excitó sólo de imaginársela y tuvo que reconocer que estaba demasiado necesitado de sexo para su gusto.

Tendría que ir a ver a Agnese, su compañera de cama, antes de volar a Inglaterra a tomar posesión de su nueva amante y de todos sus preciados bienes.

Ya era hora.

Había llegado el momento.

Valente marcó los números en su teléfono e hizo la llamada por la que había estado trabajando durante cinco años...

Veinticuatro horas antes de que Valente hiciese aquella llamada, Caroline Bailey, anteriormente apellidada Hales, había tenido una triste conversación con sus padres.

–¡Claro que sabía que la empresa había tenido problemas el año pasado! Pero ¿cuándo hipotecasteis la casa?

–En otoño. La empresa necesitaba capital y el único modo de conseguir un préstamo fue utilizando la casa como garantía –le respondió Joe Hales, apoyándose pesadamente en un sillón–. Ya no se puede hacer nada al respecto, Caro. Lo hemos perdido todo. No podíamos hacer frente a los pagos y la casa ha sido adquirida...

–¿Por qué no me lo contasteis entonces? –inquirió Caroline con incredulidad.

–Acababas de enterrar a tu marido –le recordó su padre–. Ya tenías suficientes problemas.

–¡Sólo nos han dado dos semanas para marcharnos de casa! –exclamó Isabel Hales.

Era una mujer menuda y rubia, de casi setenta años, con el rostro inexpresivo, que delataba varias operaciones de cirugía estética. Su aspecto era el opuesto al de su alto y fornido marido.

–No puedo creerlo –añadió–. Sabía que habíamos perdido el negocio, pero ¿la casa también? ¡Qué pesadilla!

Caroline, que estaba reconfortando a su padre, resistió el impulso de darle un abrazo a su madre. Ella era una persona sensible, pero su madre, no. Mientras que su padre había crecido sintiéndose seguro al ser el hijo de uno de los principales empresarios de la zona, su madre había sido criada por unos padres ambiciosos, pero sin dinero ni posición social, y había heredado de ellos las mismas aspiraciones y la misma veneración por la riqueza.

A pesar de no parecer una pareja destinada a ser feliz, la única decepción de su matrimonio había resultado ser la infertilidad de Isabel. Los Hales habían estado ya en la cuarentena cuando habían decidido adoptar a Caroline, que tenía tres años. Dado que había sido hija única, ésta había podido tener una excelente educación y un hogar estable, y jamás se le habría ocurrido decir en voz alta que se sentía mucho más cerca de su bondadoso padre que de su agria y prepotente madre. En realidad, ella nunca había compartido las aspiraciones ni intereses de su madre adoptiva y era consciente de que las decisiones que había tomado en su vida habían decepcionado a sus padres.

–¿Cómo es posible que nos hayan dado sólo dos semanas para marcharnos de casa? –inquirió Caroline con incredulidad.

Joe sacudió la cabeza.

–Tenemos suerte de que nos hayan dado tanto tiempo. Un perito vino la semana pasada y volvió con una oferta de nuestros acreedores. No era mucho, pero los administradores la aceptaron ya que había que pagar las deudas e intentar salvar los puestos de trabajo. Menos mal que han encontrado un comprador para Hales Transport.

–¡Pero ha sido demasiado tarde para nosotros! –replicó Isabel enfadada.

–He perdido el negocio de mi padre –le respondió su marido con pasión–. ¿Tienes idea de lo avergonzado que me siento? He perdido todo por lo que mi padre trabajó tanto.

Caroline sintió que los ojos se le llenaban de lágrimas y se mordió el labio para no volver a decirles a sus padres lo mucho que lamentaba que no hubiesen confiado en ella antes de hipotecar su hogar. Se preguntó si su madre, que tan unida estaba a su imponente casa y a su desahogado nivel de vida, habría presionado a su padre para que salvase el negocio a toda costa. Por desgracia, su padre nunca había destacado por su gran criterio financiero.

Joe Hales había heredado el negocio de su padre y jamás había tenido que preocuparse por el dinero. Alentado por su esposa, había dejado la gestión del

negocio en manos de Giles Sweetman, un exceden-
te administrador, y él se había dedicado a jugar al
golf y a pescar. Durante muchos años, la empresa
había conseguido excelentes ingresos, pero sólo habían hecho falta dos desgracias para llegar al punto
en el que estaban.

En primer lugar, Giles Sweetman había encontrado otro trabajo y se había marchado casi sin prea-
viso. Matthew, el difunto marido de Caroline, había
ocupado su puesto. Aunque a ella no se lo había dicho nadie a la cara, Matthew había sido un desastre
como gestor. El segundo golpe había sido la apari-
ción en escena de una empresa de transportes que
les había hecho la competencia. Hales había ido
perdiendo todos sus contratos uno a uno.

–Dos semanas es un plazo ridículamente corto
–protestó Caroline–. ¿Quién es el comprador? Yo
le pediré que nos dé algo más de tiempo.

–No estamos en situación de pedir nada. La casa
ya no es nuestra –le advirtió su padre con amargu-
ra–. Sólo espero que no vaya a deshacerse de los
empleados de Hayes y a vender los activos de la
empresa al mejor postor.

Caroline observó a sus padres, consciente de que
los años y la delicada salud de ambos no les permi-
tirían soportar tanto estrés y ajetreo. Su padre adop-
tivo tenía una angina de pecho y su madre una ar-
trosis que, en los peores días, casi no le permitía ni
caminar. ¿Qué iban a hacer sin el colchón econó-
mico que los había protegido durante tanto tiempo?
¿Cómo iban a sobrevivir?

Winterwood era una casa vieja, pero con mucho encanto, construida a principios de siglo para una familia numerosa y con servicio doméstico. Siempre había sido demasiado grande para sus padres, pero Isabel había querido impresionar a todo el mundo, dejando claro su estatus como esposa de un hombre rico. El nuevo dueño tal vez quisiera echar abajo la casa y hacer otra cosa con el terreno. Caroline sintió una punzada sólo de pensarlo.

—No tenías que haber dejado la casa de Matthew para venir a vivir aquí —le dijo su madre—. Ahora tendrás que venir con nosotros, ¡y sepa Dios adónde vamos a ir a parar!

—Todavía no puedo creer que Matthew sólo te dejase deudas —admitió Joe sacudiendo la cabeza—. Pensaba que valía más. Un hombre debe asegurarse siempre de que su mujer tendrá de qué vivir cuando él falte.

—Matthew no contaba con morir tan pronto —les dijo Caroline. Era lo que decía siempre que le hacían ese tipo de comentarios.

Se había acostumbrado a guardarse para sí misma los secretos de su desgraciado matrimonio.

—Aunque habría estado bien que comprase una casa —admitió—, así al menos ahora tendríamos adonde ir.

—Los Bailey deberían haberte ayudado más de lo que lo hicieron —arremetió su madre en tono amargo—. Y tú tampoco tuviste el sentido común de pedirles ayuda.

—No fue culpa suya que Matthew no se hiciese

un seguro, ni que tuviese deudas... Y no olvidemos que ellos también tenían participación en Hales, y también han perdido mucho dinero –le recordó Caroline a su madre.

–¿Qué importa eso ahora? Nosotros lo hemos perdido todo –replicó Isabel–. Ellos todavía tienen su casa y su servicio. ¡Nosotros no tenemos nada! Mis amigas han dejado de llamarme. Está corriéndose la voz. Nadie quiere saber nada de ti cuando estás arruinado.

Caroline apretó los labios y guardó silencio. Era triste que a las amigas de su madre sólo les importase su estatus y su dinero. Los días de lujosos entretenimientos, ropa de diseño y vacaciones elegantes se habían terminado para siempre.

Esa misma noche, Caroline volvió a su estudio a trabajar. Lo tenía instalado en un edificio anexo a la casa de sus padres. Allí modelaba y soldaba plata y piedras preciosas, con las que realizaba joyas que vendía por Internet. Era un trabajo delicado, meticuloso, que requería buen ojo y toda la concentración. Mientras trabajaba, su elegante gata siamesa, Koko, estaba sentada como un centinela a su lado. Caroline notó que se le fruncía el ceño y supo que la acechaba una de sus frecuentes migrañas, así que recogió las herramientas de trabajo y se fue a la cama.

A pesar de haber tomado la medicación para suavizar el dolor de cabeza, estaba demasiado estresada para dormir. Al día siguiente tendría que empezar a buscar una casa nueva. No sería fácil hacerlo, ya que necesitaba espacio para trabajar también. Su negocio era en esos momentos el único modo de vida de su familia, además de las pequeñas pensiones que recibían sus padres del Estado.

—¿Caro? —le preguntó su madre a la mañana siguiente, abordándola en la cocina a la hora del desayuno—. ¿Crees que los padres de Matthew querrían darnos un préstamo en tu nombre?

Caroline se puso pálida y tensa.

—No lo creo. Pagaron las deudas de Matthew por orgullo, pero no son de los que se gastan el dinero si no van a sacar nada a cambio.

—Si al menos les hubieses dado un nieto, todo habría sido diferente —replicó su madre en tono de reproche.

—Lo sé —admitió ella, con lágrimas en los ojos.

Los Bailey le habían dicho lo mismo. Era evidente que la incapacidad de darles un nieto había sido su mayor defecto como nuera, aunque sus suegros también habían llegado a insinuar que Matthew habría pasado más tiempo en casa si ella hubiese sido una mejor esposa. Ella había deseado contarles la verdad, pero se había contenido. No soportaba siquiera pensar en los años que había perdido con su infeliz matrimonio, pero no le haría ningún bien a nadie hablando de algo que durante tanto tiempo había ocultado. Sólo serviría para destrozar a los padres de Matthew y para sorprender y disgustar a los suyos propios.

—Supongo que no pensaste en el futuro —le dijo su madre suspirando—. Nunca has sido demasiado práctica.

Caroline estudió a su madre, que le resultó horriblemente pequeña y vulnerable. Sus padres ya estaban durmiendo en una habitación de la planta baja debido a sus problemas de salud. Joe estaba en lista de espera para un bypass coronario. Lo cierto era que la casa ya no era cómoda para ellos. Aunque no era lo mismo que los obligasen a marcharse después de cuarenta años, que tomar la decisión de hacerlo por motivos de salud y de sentido común.

Koko se enrolló a sus tobillos, pidiéndole atención, y ella habló de manera cariñosa a su mascota mientras se servía el desayuno. En vez de comer, se puso a escribir una lista de cosas urgentes que tenía en la cabeza, pero esa primera lista sólo le llevó a hacer una segunda. Tiempo, coste y situación eran los factores cruciales. Sus padres no querrían cambiar de zona de residencia. Y tardarían siglos en encontrar el lugar adecuado y en ahorrar el dinero necesario para poder dar una señal.

Era una suerte que Caroline adorase a sus padres adoptivos. A pesar de haberla aconsejado mal con respecto a algo muy importante, siempre habían creído que era lo mejor para ella. Y, en esos momentos, dependían de su ayuda económica y a ella le alegraba poder saldar la deuda que sentía que les debía.

El teléfono sonó mientras estaba fregando los platos.

—¿Puedes responder tú? —le gritó a su padre, que estaba leyendo en la habitación de al lado.

Respondieron al teléfono y, un instante después,

Caroline oyó a sus padres hablar entre susurros, parecían disgustados, así que se secó las manos y fue a ver qué ocurría.

–Caro... ¿puedes venir un momento? –le preguntó su madre.

Le tendió el teléfono casi como si fuese un arma letal.

–Valente Lorenzatto –le anunció con labios temblorosos.

Caroline se quedó helada, con el rostro inexpresivo. No había oído pronunciar aquel nombre desde que se había quedado viuda, pero todavía tenía el poder de hacerla palidecer y temblar. Valente, al que había amado a más no poder; Valente, al que había engañado de tal manera que jamás podría perdonarla. No sabía para qué querría hablar con ella. Tomó el teléfono y salió con él al pasillo.

–¿Dígame? –dijo, en un susurro.

–Quiero verte –le dijo Valente con su profunda voz, haciendo que se estremeciese–. Como nuevo propietario de Hales Transport y de la casa de tus padres, creo que debemos hablar de nuestros intereses mutuos.

A Caroline le costó asimilar lo que acababa de escuchar.

–¿Tú eres el nuevo dueño de Hales... y de la casa? –inquirió con incredulidad.

–Increíble, ¿verdad? Hice fortuna, tal y como te dije –murmuró Valente con frialdad–. Por desgracia, apostaste por el caballo equivocado hace cinco años.

A Caroline le entraron ganas de echarse a reír. Ella misma se había dado cuenta de su error por las malas, pero por motivos que Valente jamás podría comprender. Volvió a la realidad al darse cuenta de que sus padres la miraban desde el otro lado del pasillo, al parecer, habían oído lo que había dicho. Sus rostros reflejaban sorpresa y consternación.

–¡No puede ser cierto! –exclamó Isabel.

Eso pensaba Caroline también, pero hacía tiempo que había leído en un periódico acerca del éxito de Valente. Su descubrimiento le había costado caro, ya que Matthew se había enterado de que había hecho la búsqueda en Internet. Jamás había vuelto a sucumbir a la curiosidad desde entonces, ni siquiera después de convertirse en viuda. Era mejor dejar el pasado como estaba.

–No era más que un camionero... ¡Es imposible que tenga tanto dinero! –añadió su padre en voz alta.

–Debería ser imposible –añadió su esposa.

Caroline mantuvo el teléfono pegado a la oreja para que Valente no escuchase aquellos vergonzosos comentarios. En su casa jamás se hablaba del hecho de que el padre de su padre hubiese sido también camionero y hubiese levantado el negocio con el sudor de su frente. Sus padres no estaban orgullosos de proceder de familias humildes y siempre habían admirado a los padres de Matthew, que habían asistido a colegios privados y tenían familiares lejanos de la nobleza. Joe e Isabel eran unos esnobs, siempre lo habían sido y, probablemente, se morirían siéndolo. Y Valente nunca había estado a su nivel. Había sido juzgado por su trabajo y por su procedencia, no por ser un hombre inteligente y motivado.

Caroline fue a otra habitación en busca de algo de intimidad.

–¿Por qué quieres verme? –le preguntó en voz baja.

–Lo averiguarás cuando nos reunamos –le respondió él con impaciencia–. Mañana a las once de la mañana, en el que era el despacho de tu padre.

–¿Pero por qué...? –empezó a preguntarle ella, pero Valente ya había colgado.

–Déjame el teléfono, por favor –le pidió su padre.

Y Caroline oyó cómo llamaba a su abogado y le preguntaba cómo se llamaba el nuevo dueño de Hales Transport.

–Ese chico italiano... –espetó Isabel con desprecio–. Supongo que se ha enterado de que te has quedado viuda. Típico de él. ¿Por qué no te deja en paz?

–No tengo ni idea –respondió Caroline.

Su padre colgó el teléfono con gesto de sorpresa.

–Todo lo que nos pertenecía ha sido adquirido por un gran grupo de empresas con base en Italia conocido como el Grupo Zatto –anunció con desánimo.

Valente había conseguido volverles las tornas. De los tres, Caroline era la menos sorprendida.

Capítulo 2

PARA la reunión, Caroline había decidido ponerse su único traje de chaqueta, negro y con falda, y una blusa de seda de color crema. Lo había comprado para su primera venta a unos almacenes de Londres que habían vendido sus diseños durante el año anterior. Desde entonces había perdido peso y el traje le quedaba amplio. Se había recogido el pelo y se había puesto un poco de maquillaje para darse el color que le faltaba después de una noche casi sin dormir.

–Hola, señora Bailey –la saludó Jill, una de las recepcionistas de Hales Transport–. ¿No le parece que es un día muy emocionante?

Caroline se apartó un mechón de pelo de la cara.

–¿Lo es?

–Va a venir el nuevo jefe. Vamos a formar parte de un gran grupo empresarial que vale miles de millones. Es una buena noticia para nosotros –opinó Jill contenta.

–No estés tan segura –le advirtió Laura, la recepcionista más veterana–. ¿No has oído decir nunca eso de que escoba nueva barre bien? No es seguro que vayamos a conservar nuestro trabajo, ni que esta empresa vaya a seguir existiendo de aquí a seis meses.

Caroline sintió un escalofrío. Le preocupaba de corazón lo que ocurriese con los empleados de Hales Transport. Y se sentía culpable al saber que su difunto marido tenía gran parte de culpa.

Respiró hondo y se sentó en la sala de espera.

—Esperemos que todo salga lo mejor posible —comentó Laura.

—Puede subir y esperar arriba en el despacho —le dijo Jill a Caroline con inocencia—. Ya sabe dónde está.

Su compañera de trabajo frunció el ceño al oír aquello.

—Yo creo que la señora Bailey estará más cómoda aquí.

—Sí, estoy bien aquí —se apresuró a decir ella.

Sonrió al ver que un grupo de empleados la miraban con curiosidad de camino a las escaleras. Sintió calor al oír que susurraban, e incluso vergüenza.

Caroline había evitado pasar por Hales Transport durante los últimos meses de vida de Matthew, y tampoco había ido desde que éste había fallecido en un accidente de tráfico. Había temido que la gente hablase de ella, incluso que se riese de ella. Sus suegros la habían criticado por no haber asistido a un acto relacionado con el trabajo, pero ella no había querido posar como la pobrecita viuda de Matthew.

Al fin y al cabo, tenía que haber otras personas que supiesen, o que al menos sospechasen, cuáles habían sido los intereses extramaritales de Matthew,

ya que éste había sido cada vez menos discreto. Todos aquellos momentos de vergüenza y dolor la habían marcado. Había sido tonta y había estado ciega.
Y la habían engañado. Casi no recordaba ya la época
en la que Matthew había sido su mejor amigo, ya que
su matrimonio pronto había acabado con su amistad.
Intentó controlar sus pensamientos para que no si-
guiesen por aquella dirección.

—¡Ya está aquí! —exclamó la recepcionista más
joven emocionada al ver que una limusina negra se
detenía delante de la puerta. Al mismo tiempo lle-
garon dos Mercedes y toda una falange de hombres
trajeados hicieron un pasillo para dejar paso a un
hombre alto y poderoso, vestido con un abrigo de
cachemir a pesar del sol de la primavera.

—Todavía es más guapo en persona que en las fo-
tos —suspiró Jill.

Caroline contuvo la respiración mientras estudiaba
la figura delgada, el rostro duro que había debajo de
un pelo moreno y rizado. Un pelo por el que a ella le
había gustado pasar los dedos. Lo cierto era que Caroline había dejado de respirar por completo. Ver a
Valente, cuando había pensado que jamás lo volvería
a ver, estaba resultando ser una experiencia surrealista.

Tuvo que admitir que era un hombre increíblemente guapo. Tenía unos ojos oscuros y profundos,
tan cálidos como el sol, los pómulos marcados y
una nariz arrogante que podría haber pertenecido a
alguna estatua romana de mármol. Con aquel traje
a medida, emanaba una elegancia y una seguridad
inconfundiblemente italianas. Hasta con vaqueros

y una camiseta, recordó Carolina, Valente parecía siempre recién salido de una pasarela de moda.

–Caroline –murmuró él con su sensual voz, deteniéndose en lo alto de las escaleras–. Sube a mi despacho, te recibiré de inmediato.

Caroline se levantó, consciente de que era el centro de atención. La informalidad con la que le había hablado Valente hacía evidente que ya se conocían, aunque ella tenía la esperanza de que nadie recordase su historia. Una historia por la que Valente sólo podía odiarla. Siempre había sabido que jamás la perdonaría por lo que le había hecho.

Valente sonrió con ironía al verla con aquel traje tan grande y con el pelo recogido, como una niña, en una trenza. Quería verla con el pelo suelto y con ropa que realzase su esbelta figura y su piel pálida. De negro parecía un espectro y no quería verla como a la pobre viuda de Matthew Bailey. Quería tantas cosas. Y, en esos momentos, hasta veinticuatro horas de espera le parecían demasiadas.

Uno de sus asistentes personas se les adelantó para abrirles la puerta del despacho. Era un lugar que Caroline conocía bien, toda una muestra del gusto de Matthew por los muebles y diseños ultramodernos, a pesar de no pegar con el estilo del edificio.

Valente se quitó el abrigo y su asistente se lo llevó. Luego se giró a mirar a Caroline, que también lo estaba mirando con sus ojos grises, parecía enfadada y tensa. Valente sintió deseo y agradeció llevar una chaqueta larga que disimulase su erección. Estaba deseando darle la lencería que le había comprado.

Caroline también sintió que su cuerpo reaccionaba de un modo que había creído que jamás volvería a reaccionar. Matthew le había dicho que era una inútil en la cama, que lo excitaba tan poco que ni siquiera quería compartir habitación con ella. Había sido muy directo y cruel. Era irónico que Caroline se sintiese en esos momentos excitada ante un hombre que prometía ser todavía mucho más cruel. Su cuerpo, que había estado muerto durante años, había vuelto a revivir, y eso la ponía todavía de peor humor.

–Así que ahora todo es tuyo –comentó con crispación, intentando controlar aquella atracción.

–Sí, *piccola mia* –le contestó Valente mientras estudiaba la pálida perfección de su piel y sus labios carnosos y sonrosados.

Vio vulnerabilidad en ella y eso despertó al depredador que había en él. Porque en el fondo sabía que no era más que una cruel cazafortunas que actuaba muy bien. Era su polo opuesto, tanto con respecto al aspecto como a la personalidad, pero, aun así, nada más verla la había deseado con todas sus fuerzas.

–Debías haber tenido más fe en mí –añadió él, con la misma frialdad.

–¿Qué quieres que te diga? ¿Que lo siento? Lo...

–No quiero una disculpa –la interrumpió él.

El rostro de Caroline estaba inexpresivo, como el de una muñeca. Había cambiado, pensó él frunciendo el ceño, se había convertido una mujer cuyo rostro no reflejaba sentimientos. Debía de haber crecido, ya no era la niña mimada de unos padres ma-

yores y debía de haber aprendido a mantenerse sola.
Valente se fijo también en que tenía los pies muy pequeños, calzados con unos zapatos planos que no
tenían ningún sex-appeal. En ese momento, Valente
decidió que le prendería fuego a todo su armario.

—No entiendo por qué quieres todo lo que le pertenecía a mi familia —admitió Caroline.

—No seas tan modesta.

Caroline no cambió de expresión.

—No estoy siendo modesta. Ni siquiera sé para
qué querías que nos viésemos aquí.

—Es muy sencillo —murmuró Valente—. Esperaba
llegar contigo a un acuerdo civilizado por el cual
ambos pudiésemos conseguir lo que más deseamos.
Empezaré yo: quiero tenerte a ti en mi cama.

A Caroline le sorprendió tanto aquello que abrió
la boca y la volvió a cerrar.

—¿Es una broma? —le preguntó por fin.

—Trabajo duro y juego duro. Y me tomo mi vida
sexual demasiado en serio como para bromear con
ella. Por desgracia, no voy a poder dedicarte mucho
tiempo esta mañana. No obstante, soy consciente de
que tus padres y tú estáis pasando por un momento
difícil.

—Sí —admitió ella, preguntándose si debía decirle
que era la mujer menos capaz de cumplir con las
expectativas de un hombre en la cama.

—Es obvio que yo podría hacer muchas cosas
para aliviar vuestra situación actual —le aseguró él—,
pero tienes que convencerme de que va a merecer
la pena.

–No creo que pueda convencerte de nada, y no entiendo qué quieres decir –le dijo Caroline.

–Todavía deseo pasar contigo la noche de bodas que me negaste...

–¡Si ni siquiera nos casamos! –exclamó ella.

–Precisamente por eso..., pero ese hecho no impidió que te desease –replicó Valente–. Y debes ser consciente de que la respuesta que me des ahora influirá en las vidas de todas las personas relacionadas con esta empresa.

Caroline frunció el ceño, consternada.

–¿La respuesta a qué pregunta? –preguntó con frustración.

Valente sacudió su arrogante cabeza.

–Ya te he dicho qué es lo que quiero.

–¿Sexo? –inquirió ella con incredulidad.

Valente era joven, guapo como una estrella de cine y rico, cualquier mujer guapa y sofisticada se ofrecería para tener sexo con él sin ningún compromiso, y sin dudarlo. ¿Por qué la quería a ella?

–Seré directo. Quiero que seas mi amante.

Ella rió. Sabía que su risa había sonado histérica y temerosa de él, se sentía perdida. Se acercó a la ventana y la vista de los viandantes la tranquilizó un poco. ¿Cómo podía Valente quererla como amante? Era cierto que la había deseado cinco años antes. En esos momentos, como entonces, se preguntó si habría perdido el interés por ella después de tenerla en su cama. ¿Sería tan torpe con él como lo había sido con Matthew? Frunció el ceño por haberse hecho aquella pregunta, ya que era demasiado tarde para cambiar nada. Y, además, no quería recordar su matrimonio sin sexo, no quería pensar en él, ni culparse de nada.

—Si aceptase, te defraudaría mucho —le contestó temblorosa—. No tengo lo necesario para asumir semejante papel. Algunas mujeres son más sexuales que otras. Y yo me encuentro más bien en la segunda categoría.

Valente apoyó sus fuertes brazos en sus hombros y la hizo girar. Estaba muy cerca de ella y su olor estuvo a punto de hacer que Caroline se marease.

—Jamás podrías decepcionarme —le dijo él—. ¿Acaso decepcionaste a Matthew?

Caroline se zafó de él y se apartó de su lado, nerviosa. Luego volvió a mirarlo.

—No me estás escuchando, ¿verdad? ¿Qué tengo que decir para convencerte?

Exasperado por su huida cuando todo su cuerpo ardía de deseo, Valente la fulminó con la mirada.

—Los actos me convencerían más que las palabras. Ven conmigo a mi hotel y hazme una demostración de tu incapacidad.

Ella abrió los ojos todo lo que era posible.

—¿Qué piensas que soy? ¿Una fulana? —le replicó, furiosa.

—Eso todavía no lo ha decidido el jurado, pero, seamos realistas, tal vez no seas una prostituta, pero hace cinco años te vendiste al mayor postor —argumentó él sin dudarlo.

Caroline palideció.

—No fue así...

–¿Por qué iba a querer saber cómo fue ahora? –le preguntó él–. Debes saber que te agradezco que evitases que cometiese el error de casarme contigo. No quiero una esposa que sea una cazafortunas.

–¿Cómo te atreves? –inquirió Caroline, recuperando el color con la indignación–. ¡Ése no es el motivo por el que me casé con Matthew! No lo hice por dinero.

–¿Y por conseguir un estatus social? –quiso saber Valente, encogiéndose de hombros antes de mirarse el reloj–. Sólo puedo dedicarte dos minutos más. Estás perdiendo el tiempo, discutiendo conmigo. Sé lo que eres y, aunque parezca extraño, no hace falta insultarse. Al fin y al cabo, estoy dispuesto a pagar mucho dinero por tener el privilegio de tenerte en mi cama.

–No puedes comprarme...

–¿No? Si tu respuesta es negativa, cerraré esta empresa y mandaré a todo el mundo a la calle. Y no haré ningún esfuerzo por mejorar la situación económica de tus padres...

–Eso sería inmoral e injusto...

–Por otra parte, si tu respuesta es positiva, invertiré en este negocio y me aseguraré de que prospere –le informó en tono dulce–. También permitiré que tus padres sigan viviendo en Winterwood a mi cuenta.

–¡La elección que quieres que tome es horrible! –exclamó Caroline con incredulidad–. ¡Estás intentando chantajearme!

–¿Tú crees? –le dijo él, sin dejar de mirarla a la cara con sus ojos oscuros–. Depende de lo que quieras, ¿no? Acepta mis condiciones y serás bien tratada, tendrás todo lo que deseas. Es una oferta muy generosa, sobre todo procediendo de un hombre que no tiene ningún motivo para que le gustes, y mucho menos para respetarte.

—Si te gustase o si me respetases, no me desearías tanto —espetó ella.

—Pero lo hago. Para los gustos están los colores.

Antes de que le hubiese dado tiempo a reaccionar, Valente la estaba agarrando y acercándola a él. Ella se zafó y fue a apoyarse contra la pared.

—¿Qué demonios te ocurre? —le preguntó Valente enfadado—. ¿Creías que iba a atacarte?

Caroline estaba avergonzada de la reacción de su cuerpo, y de pronto le aterraba que Valente adivinase que no era capaz de dar la talla en la intimidad.

—Por supuesto que no... Lo siento —balbució—. Ha pasado mucho tiempo desde la última vez que me tocó un hombre.

Valente la estudió con la mirada, como si sintiese que había algo más. Caroline estaba muy tensa y nerviosa. No se parecía en nada a la joven tranquila de veintiún años que él recordaba. Nunca había querido saber cómo había sido su matrimonio, pero sospechaba que no había sido sencillo para ella. Bailey había llevado mal el negocio, se había gastado una fortuna que no tenía en bienes de lujo y había dejado a su mujer sin blanca. Además, se rumoreaba que se había acostado con otras mujeres.

—De verdad, no sé qué me ha pasado —murmuró Caroline, apartándose de la pared y alisándose la falda.

Su orgullo había llegado al rescate. No podía permitir que Valente sospechase que era peor en la cama que otras mujeres. Ése era su secreto y su vergüenza. ¿Cómo se iba a sentir si no, siendo todavía virgen, después de casi cuatro años de matrimonio? No obstante, era algo que no estaba preparada para compartir.

—¿No? —le preguntó él acercándose a ella, tomándola de la mano y besándola.

Ella se quedó quieta, esperando, haciéndose preguntas, curiosa.

Se le había olvidado cómo eran los besos de Valente. Su aliento le calentó la mejilla y se le doblaron las rodillas. Él no la tocó, no intentó abrazarla, y aquello hizo que se tranquilizase. Notó que los pezones se le endurecían y gimió sin querer.

Al oírla, Valente levantó la cabeza, entrecerró los ojos y la estudió con la mirada. Luego, se apartó de ella. Tal vez estuviera tensa. Tal vez estuviera nerviosa, pero estaba preparada para recibirlo, lo deseaba. Y eso lo satisfizo. Estaba tan excitado por su olor y su sabor que no habría dudado en sentarla en su escritorio y tomarla allí mismo. Sólo de pensar en poder tener sexo con Caroline cuando y donde quisiera, se excitó todavía más.

—Se ha acabado el tiempo, *piccola mia* —le dijo suavemente mientras llamaban a la puerta.

Caroline volvió a alisarse la falda con las manos húmedas, asustada.

–No puede ser verdad lo que has dicho, esto... lo que has sugerido –balbució.

–Al contrario que a ti, me gusta mucho el sexo –le confesó él sin más.

La puerta se abrió y un hombre joven se disculpó enseguida. Valente lo hizo callar con un ademán.

–Abramo, ya sé que se me hace tarde. Acompaña a la señora Bailey a su coche...

–No será necesario –protestó ella–. Tenemos que hablar de lo que me has dicho...

Valente la miró con frialdad.

–¿De qué quieres hablar? No es ninguna negociación. Te veré esta tarde en Winterwood.

–¿En... Winterwood? –repitió ella horrorizada.

–Es mi propiedad. Te veré a las cuatro para que me hagas un tour guiado.

Caroline se sintió consternada.

Valente le sonrió de tal manera que la hizo retroceder.

–Y advierte a tu familia que no utilizaré la puerta de servicio para entrar, *piccola mia.*

–¿Señora Bailey? –le dijo el asistente, abriéndole la puerta para que saliese.

Al ver que no tenía opción, Caroline salió del despacho. Estaba temblando de ira. Ella, que nunca juraba, deseó dedicar todo tipo de improperios a Valente. Deseó tener la fuerza física necesaria para agarrarlo de las solapas de la chaqueta y golpearlo contra la pared para que la escuchase.

Pero era evidente que Valente se estaba dejando llevar por las ansias de venganza. Cinco años antes, lo había dejado plantado en el altar. Su confianza equivocada en otra persona y su enfermedad habían hecho que lo humillase. Las circunstancias no habían permitido que Valente fuese informado de lo que iba a ocurrir antes de que llegase a la iglesia. Así que siempre la había culpado de lo que había ocurrido aquel día. Y no le extrañaba. Al fin y al cabo, ella seguía sintiéndose culpable. Valente había luchado por ella y había perdido, pero en esos momentos no volvería a aceptar la derrota.

Caroline siguió temblando de camino a casa. Valente había crecido luchando contra la pobreza y para conseguir todo lo que quería. Eso había hecho que hubiese en él una crueldad y una fuerza que la habían intimidado nada más conocerlo. Era un hombre sin tiempo para los refinamientos y siempre había despreciado la lealtad que ella les tenía a sus padres, que habían hecho todo lo que habían podido para que su relación se rompiese.

−Si de verdad me quieres, podrás superar cualquier cosa −le había dicho Valente cinco años antes.

Había esperado demasiado ella, que había crecido con todas las facilidades y que no era capaz de rechazar e ignorar los sentimientos de aquellas personas que no compartían sus objetivos.

Mientras sus emociones pasaban del pasado al presente, Caroline recordó cosas que había intentado olvidar hacía mucho tiempo.

El verano después de terminar las prácticas con un diseñador de joyas, había deseado tener el capital necesario para levantar su propio negocio. Aquellas aspiraciones habían decepcionado mucho a sus padres, que habrían preferido una hija más femenina y frívola, deseosa de disfrutar de su estatus social y de encontrar un marido adecuado. Decidida a no pedir dinero a sus padres para algo que éstos no aprobaban, Caroline se puso a trabajar en las oficinas de Hales. Irónicamente, aquella decisión había molestado todavía más a Joe y a Isabel.

Justo dos días después de haber empezado a trabajar allí, Caroline había levantado la vista y había visto a Valente por primera vez. Su acento había sido lo primero en llamarle la atención, pero había sido su rostro delgado y moreno lo que había hecho que clavase la mirada en él. No habría podido describir con palabras la fascinación que había sentido al ver aquel rostro tan bello. Valente había ignorado a su compañera, que intentaba ligar con él, y se había fijado en Caroline. Ella se había quedado tan fascinada con su mirada que le había dado igual quién o qué era. La había hecho prisionera con una sola mirada, y ella lo habría seguido hasta el fin del mundo.

–¿Y tú eres...? –le había preguntado Valente en un murmullo.

–Caroline.

–La hija del jefe... Pobre niña rica –había comentado otro de los camioneros, haciendo que ella se ruborizase.

–Hasta luego, Caroline –se había despedido Valente.

Y luego se había pasado toda la tarde pensando en él.

Por aquella época, tampoco había tenido experiencia en temas amorosos, ya que casi no había salido con chicos y, siempre que necesitaba un acompañante, recurría a su vecino de al lado, Matthew Bailey, que además era su mejor amigo. Era introvertida, tímida y prudente, ya por entonces se sentía muy culpable por haber decepcionado a sus padres. La primera vez que no había cumplido con sus deseos había sido al no ir a la universidad. Y Valente había sido la segunda y más seria demostración de que necesitaba ser libre.

Se negó a agonizar por la situación con Valente en esos momentos y se dijo a sí misma que no podía haberle hablado en serio. Para mantenerse ocupada, fue a hacer su compra semanal antes de volver a casa. Al llegar allí, se encontró con una nota de su madre en la encimera de la cocina, diciéndole que su padre tenía cita en el hospital. Sus padres no estaban. Se lamentó de no haber recordado la cita con el médico y guardó la compra. Y ya no fue capaz de seguir sin pensar en que Valente había amenazado con cerrar Hales Transport.

Unas doscientas personas perderían su trabajo, por no mencionar el efecto que tendría en otras empresas del barrio. Y el estrés causado por el desempleo y por la pérdida de sueldos rompería matrimonios y separaría familias. Permitir que ocurriese aquello teniendo otra alternativa, por atroz que fuese, era una enorme responsabilidad.

Aunque Caroline pensó enfadada que ella merecía dicha responsabilidad. Matt no había hecho ningún esfuerzo por reducir sus gastos cuando Hales había empezado a perder contratos. Más bien al contrario. Y ella no le había hecho ningún favor al negocio de su familia al mantener la boca cerrada acerca del comportamiento de su marido. Se sentía culpable por no haberles dicho a sus padres que no se podía confiar en Matthew. No obstante, también sabía que no la habrían escuchado ni habrían hecho caso de su opinión. Ambas partes de su familia eran muy sexistas y los padres de Matthew siempre lo habían idealizado.

Valente le había dicho que quería sexo, pero ella no entendía cómo podía seguir atrayéndole hasta ese punto. Lo que quería en realidad, pensó Caroline, era venganza. Y si permitiendo que se vengase podía proteger a sus padres y salvar doscientos puestos de trabajo, ¿tenía derecho a rechazarlo?

¿Cómo era posible que estuviese pensando en convertirse en la amante de Valente Lorenzatto?

Se le escapó una amarga carcajada. Valente pronto se daría cuenta de que había hecho un mal negocio. Caroline sintió náuseas sólo de pensar en sufrir semejante humillación, pero no podía permitir que otras personas sufrieran. Si Valente estaba enfadado, era por su culpa y por la de nadie más. Lo había decepcionado.

No obstante, si accedía a la propuesta de Valente, sus padres sufrirían mucho, pero tal vez podría intentar convencer a Valente de que se conformase sólo con una noche y mantenerla en secreto. Luego se preguntó si éste le pediría que le devolviese su dinero cuando se diese cuenta de que no era capaz de complacerlo entre las sábanas.

Sólo de pensar en todo aquello se sintió como la prostituta que él había sugerido que era y supo que su orgullo estaba por los suelos. Pero, al fin y al cabo, un cuerpo no era más que un cuerpo, y era poco probable que Valente fuese agresivo con ella. De todas formas, quería que ella también lo desease, ¿no? ¿Que lo desease para que sufriese cuando él la abandonase? Sintió que los ojos se le llenaban de lágrimas e intentó cerrar la puerta a los recuerdos dolorosos. Matthew no se habría buscado amantes si ella hubiese sido una buena esposa. ¿Acaso no se lo había dicho cientos de veces? Y aquél era un gran peso para su conciencia.

Por otra parte, Valente le estaba ofreciendo un acuerdo que la hacía sentir que no le debía nada en términos de honradez. Estaba jugando con ella un juego cruel. ¿Tendría el coraje de luchar por conseguir unas condiciones que hiciesen posible el acuerdo?

Capítulo 3

CAROLINE se sintió desolada cuando no uno, sino tres lujosos vehículos se detuvieron delante de Winterwood poco después de las cuatro de la tarde. Había imaginado que Valente iría solo, pero de ese modo sería imposible hablar con él en privado.

Valente salió de su limusina con una gracia predadora que formaba parte de él. Iba vestido con un elegante traje negro que acentuaba la anchura de sus hombros, sus caderas estrechas y sus largas y fuertes piernas. Entró en la casa seguido por otros tres hombres. Él ya esperaba encontrarse con una decoración llamativa, así que fueron los otros tres hombres los que miraron sorprendidos a su alrededor, dándose cuenta de que casi todo lo que había en aquella casa era dorado. Valente pensó divertido que todo era de muy mal gusto. Un intento de una familia de nuevos ricos de presentar una casa de campo como si fuese un lugar histórico.

Con mucha frialdad, Valente presentó a Caroline a un arquitecto, un perito y un hombre de aspecto agradable que era de la zona y que tenía una empresa de reformas muy conocida.

–Han venido a ver la casa y a hacer algunos planos. Lo más sensato sería dejar que la fuesen viendo a su paso.

Caroline se sintió consternada al ver que Valente tenía pensado alterar la casa de sus padres.

–Por supuesto –accedió, como si no le preocupase lo más absoluto, ya que no podía hacer nada para evitarlo.

–¿Dónde están tus padres? –le preguntó Valente con el ceño fruncido mientras los otros tres hombres empezaban a andar por la casa.

Se fijó en Caroline, que iba vestida con unos vaqueros desgastados y una camiseta morada que al menos eran de su talla y resaltaban su delicada figura y la hacían parecer más joven de lo que era.

Caroline se dio cuenta de que estaba estudiando su cuerpo con la mirada y se sonrojó. Valente siempre había tenido aquel efecto en ella. Era un hombre muy masculino, que emanaba sexualidad y virilidad.

–No están. Mi padre tenía una cita en el hospital.

–Su ausencia nos hará la vida más fácil –comentó Valente–. Vamos a empezar. Tenemos una agenda muy apretada.

No mostró ningún interés mientras Caroline le enseñaba las habitaciones del piso de abajo, en las que su madre no había escatimado dinero para amueblar.

–No es posible que quieras vivir aquí –le dijo ella–. No puedo creer que vayas a utilizarla lo suficiente, ni que puedas ponerla a tu estilo.

–Si tú estuvieses aquí para recibirme cada vez

que viniese, llegaría a gustarme. En cualquier caso...
¿Qué sabes tú de cómo vivo ahora?

–La ropa de diseño y la limusina hablan por sí
solas. ¡Esta casa nunca ha estado a ese nivel, ni siquiera cuando era nueva!

–No vas a ganar nada con ese tipo de comentarios –le advirtió él–. Esta propiedad me pertenece
y haré con ella lo que me plazca.

–Pero mis padres...

–¡No quiero oír ni una palabra más! –la interrumpió con acidez, dirigiéndose a las escaleras principales–. Ninguno de tus padres ha trabajado un solo día
de su vida, ni siquiera han tenido el sentido común
de recortar los gastos cuando la empresa empezó a
ir mal. Me niego a verlos como víctimas de nada,
salvo de sus propios caprichos.

Caroline no respondió, aunque tuvo ganas de decirle que sus padres merecían algo más de compasión,
ya que sí habían recortado muchos gastos de la casa
y habían prescindido del ama de llaves y del jardinero. No obstante, Valente no tenía por qué compadecerse ellos. Ella había crecido teniéndolo todo,
mientras que él se había criado en la pobreza, con
una madre enferma que había fallecido cuando él
tenía dieciocho años.

–Aun así, tus padres no merecían la traición de
tu marido –añadió Valente.

Aquella observación hizo que Caroline se tam-
baleaste en las escaleras.

Él la sujetó para evitar que se cayese hacia atrás.
Por un momento la abrazó con todo su calor y mas-

culinidad. Ella tembló antes de ponerse tensa y de luchar contra la atracción que sentía por él.

–¿Qué quieres decir? –le preguntó.

–Que tu difunto marido no era más que un ladrón, que gastó dinero de la empresa incluso cuando ésta empezó a...

Ella se giró hacia él, iracunda.

–Tal vez fuese imprudente en ciertos aspectos, pero ¡no era un ladrón!

–Mis auditores y el contable de la empresa pueden demostrarte lo contrario. Tu marido sacaba dinero de la cuenta de la empresa siempre que tenía ocasión.

–¿Estás seguro?

–Por supuesto. Es curioso, ¿verdad, *piccola mia*? –le dijo Valente con suavidad–. Tus padres pensaban que sería yo quien le estropearía la vida a su princesita, pero al final fue el muchacho perfecto, el vecino universitario el que tenía las malas costumbres y los tintes de delincuente. ¡No fue capaz de mantenerse alejado de la caja ni de las empleadas!

Caroline se puso roja y empezó a temblar. Se sentía enfadada, humillada, levantó la mano y le dio una bofetada.

–¡Matthew está muerto... deberías mostrar algo de respeto!

–No te atrevas a volver a golpearme –le advirtió él en voz baja, con los ojos brillantes.

–Lo siento. No volverá a ocurrir –le dijo ella enseguida, sorprendida por cómo había perdido los nervios.

—No le tengo ningún respeto a tu difunto marido... ni te lo tengo a ti porque estuviste con él hasta el final a pesar de saber de lo que era capaz, ¿verdad?

Todavía temblando, Caroline se movió para dejar pasar a uno de los hombres que habían llegado a la casa con Valente.

—No sabía nada de la cuenta de la que has hablado —admitió en un susurro—. Sabía que estaba derrochando dinero, pero no pensé que estuviese robando. Por favor, no lo hagas público...

—Aún muerto, Matthew sigue siendo sagrado, intocable, ¿verdad? —comentó él con incredulidad.

—Sus padres jamás soportarían oír lo que tú acabas de contarme. Y a él ya no se le puede castigar. Dejemos que los recuerdos que tienen de él sus padres sigan intactos —le rogó.

Valente se sintió indignado al oír aquello. ¿Cómo iba a mostrar respeto por un hombre que lo había suplantado en su cama y en su corazón?

Caroline vio que se enfadaba y sintió pánico. No había pensado que aquel encuentro con Valente iba a ir tan mal.

Oyó voces masculinas, hablando de la posibilidad de hacer otro baño en la casa, y antes de que los interrumpieran, o de que Valente se distrajese, Caroline tomó una decisión. Abrió la puerta del dormitorio principal, que en esos momentos no utilizaba nadie, y agarró a Valente de la manga para que la acompañase.

—Tenemos que hablar...

—¿De qué? Ya sabes cuál es mi propuesta —le contestó él con impaciencia, agarrándola de la mano–. Esta mañana no lo tenías claro...

Caroline se apoyó contra la puerta para cerrarla.

–No es que no lo tuviese claro, te he dicho que lo que me proponías era imposible.

–Salvo cuando te he besado –le recordó él con patente satisfacción, acariciando la piel de su muñeca.

Caroline tenía el rostro encendido, se sentía avergonzada y confundida por haber reaccionado a aquella caricia. Apartó la mano, pero luego pensó en el futuro de los empleados de Hales e ignoró a su conciencia. Ya le había advertido a Valente cómo era. No era culpa suya, ser incapaz de darle lo que él esperaba. De todos modos, él estaba intentando chantajearla y ella debía utilizar todas sus armas para contraatacar.

–No puedo convertirme en tu amante –le dijo sin más–. Mis padres se morirían. Son demasiado mayores para soportar algo así, Valente. Ni tampoco aceptarían que dicha relación tuviese lugar bajo su tejado.

Valente fue hacia la puerta.

–¿Para qué me has hecho entrar aquí? –le preguntó en tono irónico–. Por un momento, he visto la cama y he pensado que tal vez quisieras darme un adelanto.

Caroline se sintió consternada al ver que Valente agarraba el pomo de la puerta y le bloqueó el paso.

–¿Por qué no me escuchas o hablas conmigo? –inquirió–. Haré lo que haga falta para proteger a los trabajadores de Hales, pero no me pidas que le haga daño a mis padres. Sólo aceptarían que tuviésemos relaciones si nos casamos.

Valente se echó a reír.

–*Che idea*. Ya no soy el hombre romántico de hace cinco años. Ni deseo tanto tu pequeño cuerpo como para entregarte mi libertad, ni siquiera durante un breve espacio de tiempo.

Ella se ruborizó al darse cuenta de que Valente se había tomado en serio su comentario, cuando sólo lo había hecho para que comprendiese que sus padres no aceptarían que mantuviese relaciones con él, ni su ayuda económica, si no era su marido. En realidad, la idea de volver a pasar por el matrimonio era lo último que deseaba, así que se puso pálida. Había odiado estar casada, se había sentido atrapada e indefensa, pero estaba empezando a pensar que casarse con Valente sería mejor solución para su familia que convertirse en su amante. Al fin y al cabo, y aunque él todavía no lo supiese, no sería capaz de cumplir con sus fantasías en la cama.

–No sería un matrimonio normal... Quiero decir, duradero –le dijo.

–*Maledizione*. ¿Cómo puedes pensar que aceptaría a casarme contigo? –le preguntó él con incredulidad–. Aunque comprendo que prefieras esa opción. Ganarías millones con el divorcio, y ambos sabemos que, aunque lo disimules bien, serías capaz de cualquier cosa por dinero.

Caroline lo miró fijamente.

–Pensaba que los acuerdos prenupciales solucionaban esos problemas. Aunque no lo creas, no quiero para nada tu maldito dinero...

—¡Jamás me rebajaría a casarme contigo! —exclamó él con desdén—. Eres una arpía mentirosa, falsa y mercenaria.

Caroline mantuvo la cabeza bien alta.

—Me temo que es la única opción que podría aceptar...

—¿Qué sacaría yo de ella? —le preguntó Valente con el ceño fruncido.

—En ese caso, jamás seré tu amante, Valente. Veo que no vamos a llegar a un acuerdo.

Dicho aquello, Caroline abrió la puerta y salió al pasillo.

—Querría un hijo.

Caroline se quedó de piedra. Era lo último que habría esperado.

—Un heredero que siguiese mis pasos, *piccola mia* —añadió Valente—. ¿Qué te parece la idea?

Ella se puso pálida, aquél era otro reto imposible.

—Ésa es mi oferta final, *cara mia*. Si te tomo como esposa, tiene que ser por algo más que por sexo. No necesito casarme para conseguir eso, así que, si lo hago, tiene que ser por algo más.

—Por desgracia, no soy ni una prostituta ni una yegua de cría.

—Todas las mujeres sois capaces de hacer el papel de fulanas para el hombre adecuado... o en el momento adecuado. Te deseé la primera vez que te vi y sigo deseándote. Tú has subido la apuesta y yo debo hacerlo también. Consideraré la idea si pasas la noche conmigo, en mi hotel.

Paralizada por su increíble propuesta, Caroline lo miró con incredulidad.

—Yo siempre juego duro, y si quieres que me case contigo, antes tendré que comprobar que mereces la pena —le aclaró Valente—. Tengo reuniones hasta las diez de esta noche. Te veré a partir de entonces.

Claro como el agua.

—No puedo aceptar —murmuró ella.

—Es tu última oportunidad —le advirtió él, cruzándose de brazos—. El juego ha terminado, *angelina mia*. Aprovecha la oportunidad ahora que puedes, porque no volverás a tener otra.

Ella deseó golpearlo, pero su fuerza lo intimidaba. Lo vio inclinarse sobre ella y sintió que la besaba, pero en esta ocasión no respondió, se quedó inexpresiva, como una muñeca. Valente la soltó y volvió a levantar la cabeza, frunció el ceño al verla tan pálida.

—¿Es ésta tu última palabra? —le preguntó él.

Y ella estuvo a punto de decirle que sí, pero algo en su interior le hizo dar una respuesta que los sorprendió a ambos.

—No... ¡No lo es!

Valente se relajó y se giró para hablar con los otros hombres, que bajaban las escaleras. Unos minutos más tarde los coches desaparecían por el camino, pero Caroline se quedó donde estaba hasta que los perdió de vista. Poco después sonó el teléfono.

Eran sus padres. Los habían invitado a cenar a casa del hermano de su padre, Charles, que vivía cerca del hospital, y no volverían hasta el día siguiente. Su primera reacción fue de alivio, y eso la sorprendió, pero no quería hablar de su encuentro con Valente, ni de su visita a la casa, ya que sabía que tendría que mentir al respecto.

Poco a poco, se fue dando cuenta de que podía ir al hotel de Valente sin dar explicaciones, pero no debía hacerlo. ¿O sí? Tenía la sospecha de que, si en vez de casarse con Matt lo hubiese hecho con Valente, su matrimonio sí se habría consumado. Había sido una locura, pensar que Matt y ella iban a poder transformar su amistad platónica en una relación marital. Tal vez otra persona con más experiencia en el sexo habría sido capaz de dar aquel salto, pero ella había fracasado. Desde el principio, había sido tímida, se había sentido extraña y cohibida, y había descubierto demasiado tarde que la atracción que sentía por Valente no aparecía con el hombre con el que se había casado.

¿Qué era distinto con Valente? ¿Podría ser otra mujer con él? Era una pregunta demasiado emocionante para una mujer que ni siquiera había sido capaz de salir con chicos, y que pronto había dado por hecho que se pasaría toda la vida sola. ¿Y si se tomaba un par de copas para perder el miedo? Sólo tenía que superar aquel horrible momento en el que el pánico se adueñaba de ella...

Animada por el vodka, Caroline se rebeló contra la ropa conservadora que Matt había insistido en que se comprase. Matt la había hecho sentirse vieja antes de tiempo, prohibiéndole que se maquillase, que se pintase las uñas, que llevase faldas cortas y ropa que se le pegase al cuerpo. Buscó en el fondo del armario un vestido que se había comprado cuando había empezado a ver a Valente, pero que nunca se había puesto. Era azul y corto y realzaba sus curvas. Se dejó el pelo suelto, como sabía que le gustaba a él. Se puso medias y unas sandalias de tacón, y al verse en el espejo se quedó de piedra.

¿Qué tipo de mujer se arreglaba para ir a ver a un hombre que pretendía probarla como si fuese un coche nuevo? Una mujer muy desesperada, reconoció con vergüenza. Y le sorprendió todavía más el hecho de estar desesperada por descubrir si podía ser tan sexy y deseable como cualquier otra, y lo suficiente como para convertirse en la mujer de Valente para ayudar a los empleados de Hales y a sus padres. ¿Qué decía aquello de ella?

Mucho tiempo atrás, Valente la había convertido durante un breve periodo de tiempo en la mujer que ella quería ser. Una mujer fuerte, segura de sus decisiones, preparada para arriesgarse a amar y a casarse con un hombre que procedía de un mundo muy distinto al suyo.

Sus padres se habían enfadado mucho cuando habían descubierto que estaba saliendo con un camionero de Hales. Habían despreciado a Valente incluso antes de conocerlo, acusándolo de querer utilizarla y abusar de ella, insistiendo en que sólo se quería casar con ella para heredar la empresa. Y ella había estado a punto de odiarlos por ser tan arrogantes y tener tantos prejuicios.

En unas semanas, había pasado de ser una hija obediente a ser una rebelde, pero Matt también se había opuesto a esa relación y, dado que era su amigo, su opinión había influido en ella.

—No tienes nada en común con él. No es uno de nosotros —le había dicho Matt—. No soportarías la vida que tendrías con él. ¿Y no crees que les debes a tus padres algo más que esto? Es normal que quieran que su única hija se quedé aquí y se case con un inglés.

Ella se había sentido culpable, pero se había enfadado mucho cuando Valente había sido despedido de Hales. Había sido entonces cuando había accedido a casarse con él.

Carolina volvió a estudiar su reflejo en el espejo y le dio otro trago a la botella de vodka. Podía volver a ser fuerte. Todo podía cambiar si se atrevía a compartir cama con Valente. No podía ser tan difícil. En el pasado, había estado perdidamente enamorada de él. Era un hombre impresionante. Y debía de tener la suficiente experiencia en la cama como para conseguir que se relajase con él.

Llamaron a la puerta y Caroline se miró el reloj. Debía de ser el taxi que había pedido. Bajó las escaleras, sintiéndose demasiado sobria y nerviosa, y se preguntó cuándo se le subiría a la cabeza el alcohol y le daría la fuerza que le faltaba...

Capítulo 4

MIENTRAS un miembro de su equipo le hacía un informe, Valente se miró el reloj y después volvió a clavar la vista en la puerta de su suite. ¿Se atrevería a ir Caroline?

Sonrió irónicamente. Le había tendido una trampa y estaba deseando ver si caería en ella. Al fin y al cabo, si aceptaba sus condiciones, quería decir que haría cualquier cosa por intentar hacerse con su riqueza. Y si había algo que se le daba bien a él era detener a las mujeres capaces de vender su alma al diablo por dinero.

Caroline, no obstante, era de una categoría todavía más artera, y Valente lo había descubierto demasiado tarde. Cinco años antes, había confiado ciegamente en ella. De hecho, se había dejado conquistar por su aparente vulnerabilidad e inocencia, y aquello todavía le dolía. Hasta el día la boda, jamás se le había ocurrido pensar que Caroline pudiese engañarlo, ni jugar con dos hombres a la vez. El plan le había salido muy bien, ya que Bailey se había puesto celoso y había decidido casarse con ella poco después. Valente había conocido a Caroline de una manera muy dura, y estaba decidido a no dejarse ablandar por sus lágrimas de cocodrilo ni por las tristes historias acerca de sus queridos padres.

Caroline entró contenta en el ascensor del hotel y cuando cerró los ojos todo empezó a girar a su alrededor. No solía beber alcohol, y jamás tanto, así que no sabía si estaba borracha o si se sentía culpable por haberse pasado. Además, en vez de sentirse confiada y sexy, estaba nerviosa, abstraída y mareada.

No fue Valente quien le abrió la puerta de la suite, sino uno de sus asistentes. Entró con cuidado para no caerse con los altos tacones y vio cómo Valente clavaba la vista en ella, fijándose en su melena rubia, en su boca pintada de color frambuesa y bajando después hacia sus pechos y hacia la curva dc sus caderas.

Valente se quedó sin habla al verla. Era toda una mujer. Jamás la había visto así. Ya no era la niña recatada a la que recordaba, ni la viuda estresada a la que había visto aquella misma mañana. Estaba espectacular y su erección lo reconoció. Caroline había caído de bruces en su trampa, pero lo que no había planeado Valente había sido caer en la trampa con ella... no se veía capaz de mandarla de vuelta a casa.

Caroline se sentó con sorprendente torpeza en un sillón que había al otro lado de la habitación y el vestido se le subió, dejando al descubierto más carne de la que Valente quería compartir con sus compañeros, así que les pidió que se marchasen.

–Valente –susurró Caroline cuando se hubieron quedado solos.

Se fijó en su camisa gris a rayas y pensó que tenía un aspecto muy masculino, que le aceleró el corazón. Había empezado a salirle la barba y estaba empezando a despeinarse. A través de la fina camisa de algodón, Caroline adivinó un lecho de vello rizado y oscuro que le cubría los pectorales. A Matthew le había gustado depilarse, pero a Caroline siempre le había gustado que un hombre pareciese un hombre, y pocos cumplían ese requisito tan bien como Valente. Su altura, anchura y fuerza, por no mencionar sus atractivas facciones, hacían que fuese un hombre sensual a la vez que masculino. A Caroline se le secó la boca.

–Pensé que no vendrías –admitió él con cruel franqueza.

Ella se ruborizó al darse cuenta de que Valente había estado trabajando porque no la esperaba.

–Es evidente que se te da mejor chantajear de lo que piensas.

–Pero uno siempre puede elegir, *cara mia* –le recordó él.

–Tal vez debiera haberte dicho que te fueses al infierno –replicó Caroline enfadada, dándose cuenta de que Valente la había invitado a ir sólo para humillarla.

–Pero no lo has hecho –contestó Valente, preguntándose si, por la forma de hablar de Caroline, habría bebido antes de ir.

–¡Todavía no es demasiado tarde! ¿A qué estás

jugando? Me dijiste qué era lo que querías, ¿acaso no lo quieres ya? –le preguntó ella temblorosa, luchando por encontrar en algún rincón de su cerebro las palabras adecuadas.

–¿Es que todavía no has aprendido que los hombres somos así? La mayoría deseamos siempre lo que no podemos tener.

–Creo que debería marcharme –decidió Caroline, levantándose de golpe y sintiendo náuseas.

–*Porca miseria...* ¡No! –respondió él, dividido entre una indecisión desconocida para él y el deseo de saciar su sed de sexo con ella. Se puso de pie también y entonces la vio tambalearse–. ¿Qué te ocurre? ¿Estás enferma?

–¿El baño...? –murmuró ella, tapándose la boca con la mano.

Unos segundos después estaba arrodillada frente al váter. Nunca se había encontrado tan mal. Se sentía consternada por el espectáculo que estaba dando, y pidió disculpas entre arcada y arcada.

–Las mujeres borrachas me repugnan –declaró Valente en tono frío desde la puerta–. Grita si necesitas ayuda. Si no, te esperaré en el salón.

–¿Acaso no tienes compasión? –le preguntó ella con los ojos llenos de lágrimas.

–No, y harías bien en no olvidarlo –dijo él, antes de darse la vuelta y cerrar la puerta del baño.

Ella tuvo que agarrarse al lavabo mientras se refrescaba. A pesar de haber vomitado, seguía costándole mantenerse en pie. Se quitó los zapatos y salió descalza.

Valente se había puesto a trabajar de nuevo. Estaba de muy mal humor. Su padre había sido alcohólico, así que él era abstemio y odiaba verla así. ¿Cómo se había atrevido a ir allí en aquel estado? ¿Cómo había pensado que él aceptaría semejante comportamiento? ¿Acaso pensaba que la quería hacer suya a toda costa, en cualquier estado, incluso ebria? Se sentía ofendido en toda regla.

Caroline entró en el salón en silencio, pero él se dio cuenta de lo mucho que le costaba andar.

Se había quitado la mitad del maquillaje al lavarse la cara y había dejado de sonreír. Con los pies descalzos, parecía sólo una mujer de veintitantos años. Era muy menuda y delicada, tenía una cintura ridículamente estrecha y los huesos de un pajarillo. Valente intentó no compadecerse de ella y apretó los labios con fuerza. Aquélla era la mujer con la que se habría casado, la mujer que habría sido la madre de su primer hijo.

–Lo siento. He hecho una tontería... No suelo beber, y lo he hecho antes de salir de casa –admitió Caroline desesperada–. Pensé que así me tranquilizaría. Que me sentiría más fuerte...

–Ya no eres una adolescente. Deberías haber sabido lo que ocurría –le respondió él–. Ni siquiera puedes andar. No estás nada atractiva.

Caroline se dejó caer en el sofá que tenía al lado. Se sentía mal, pero, sobre todo, estaba disgustada por la actitud de Valente. Al fin y al cabo, en las últimas cuarenta y ocho horas le había estado haciendo la vida imposible.

Levantó la barbilla y le dijo:

—No sé si sabrás que, si me he emborrachado, ha sido por tu culpa.

—¿Cómo va a ser mi culpa? —rugió él.

Caroline se olvidó de que estaba mareada y volvió a ponerse en pie, agarrándose al brazo del sofá para no caerse.

—Me has amenazado con hacer daño a todas las personas que me importan y has dejado en mis manos la responsabilidad de lo que pueda ocurrirles.

—Eres una persona débil, en la que no se puede confiar. Yo lo hice una vez y mira lo que me ocurrió. No soy el culpable de tu debilidad.

Caroline se quedó blanca al oír aquello.

—¿Cuándo te has convertido en semejante cretino? No te importa nada ni nadie, sólo quieres conseguir lo que te propones.

—Las posibilidades de conseguir lo que quiero en estos momentos son muy remotas —comentó él, apartando la vista de sus sensuales labios y de sus pechos redondos.

Maldijo a su libido y a un cuerpo incapaz de contenerse, ya que seguía excitado. Se marchó a la otra punta de la habitación.

—Estás tan borracha que no puedo ni tocarte. Tal vez otros hombres sean menos exigentes, pero yo no lo soy.

—Nada de lo que yo haya hecho está a la altura de lo que has hecho tú —lo acusó Caroline sin soltarse del sofá. Lo que más le costaba era pensar y hablar con claridad, ya que estaba mareada y todo le daba vueltas de nuevo–. Me odias. ¿Por qué no dejas que te explique lo que pasó hace cinco años?

–Me da igual, después de tanto tiempo.

–Pero nunca tuve la oportunidad de volver a hablar contigo después de aquel día. Te marchaste a Italia e incluso cambiaste de número de teléfono. Te escribí... Pero nunca respondiste a mis cartas –le recordó, dolida, pensando en las largas semanas que había estado esperando una respuesta.

–Las tiré a la basura sin leerlas. No merecía la pena hacerlo –dijo él con desdén, mintiendo un poco para mantener su intimidad y para evitar tener que explicar su comportamiento.

–Me odias, ¿verdad? –insistió Caroline, mirándolo fijamente con sus ojos grises.

–No desperdiciaría tanta emoción por ti, *piccola mia*. De aquello hace cinco años. Ahora, voy a llamar a mi chófer para que te lleve a casa sana y salva.

–¿Cómo voy a marcharme a casa, si no sé qué es lo que va a pasar después? –exclamó ella.

–Si esto ha sido una demostración de cómo podrías ser como esposa, has metido la pata hasta el fondo.

–¡Yo tampoco quiero casarme contigo! –le gritó Caroline–. Me prometí a mi misma que jamás volvería a casarme porque estar casada con la persona equivocada es como vivir en el infierno. Por no mencionar que eres sarcástico, frío y cruel, manipulador, hipócrita, no tienes escrúpulos y eres sexualmente anormal.

–¿Sexualmente anormal? –repitió Valente.

–¿Qué hombre normal haría venir a una ex novia a su hotel como si fuese una prostituta?

–Define la palabra normal –le sugirió Valente–. Yo creo que todavía lo soy, aunque tal vez sea más atrevido e imaginativo que la mayoría. Si tú no lo hubieses estropeado, las perspectivas podrían haber sido muy sensuales.

–¡Para alguien sin moral! –rugió Caroline–. Yo no sé ser muy sensual, ni sé tener conductas raras, por eso he tenido que beber antes de venir. Y si lo he hecho ha sido para ayudar a otras personas. La intención era buena.

Valente se sintió intrigado por aquel fiero ataque. Y le gustó la idea de enseñar a Caroline a ser sexy en la cama, y eso no tenía nada que ver con vengarse, castigarla o hacer negocios.

–¿Para ayudar a otras personas? –repitió en tono irónico–. ¿Por qué vas siempre de víctima? Has venido aquí esta noche porque también esperabas conseguir algo, porque te encantaría conseguir el estatus que representa convertirse en mi esposa y porque, por mucho que lo niegues, estás buscando una buena excusa para meterte en mi cama.

–¡Eso es mentira! –replicó Caroline, dando un paso al frente antes de tropezar con la alfombra y caerse como una muñeca a la que se le hubiesen acabado las pilas.

Por un instante, Valente pensó que había fingido un desmayo, como punto final de un melodrama, pero la rigidez de su cuerpo lo hizo acercarse para examinarla más de cerca. Se agachó a su lado e intentó levantarla, pero al ver que la única señal de vida que daba era la respiración, empezó a preocuparse. Llamó a la recepción y pidió que enviasen a un médico. Le ofrecieron mandarle a alguien para que le hiciese unos primeros auxilios, pero se negó. Si, tal y como sospechaba, el alcohol era la causa del desvanecimiento, cuanta menos gente lo supiese, mejor. La tomó en brazos y la llevó a su dormitorio. Observó su cuerpo inerte y se preguntó si debía haber llamado a una ambulancia, o si debía meterla en su limusina y llevársela al hospital.

A pesar del maquillaje, Valente se dio cuenta de que las ojeras de Caroline acentuaban su palidez. También se fijó en que estaba muy delgada, a excepción de la zona de los pechos y de las caderas. Cinco minutos más tarde llegó el médico.

El doctor Seaborne miró a su diminuta paciente con el ceño fruncido y preguntó qué edad tenía. Valente se sintió indignado al tener que buscar en el bolso de Caroline su carné de conducir para demostrar que no tenía afición por las chicas menores de edad. En ese momento sonó el teléfono móvil de Caroline y Valente lo apagó.

Nada impresionado por su paciente ebria, el doctor examinó a Caroline lo mejor que pudo y dijo que no merecía la pena buscar más ayuda sólo porque se hubiese desmayado.

A pesar de estar muy alterado por haber sido tratado como un pervertidor de menores borrachas, Valente supo que no podía mandar a Caroline de vuelta a su casa en aquel estado. Furioso con ella por haberlo puesto en semejante situación, le quitó el vestido y la metió en la cama.

Caroline tuvo que hacer un gran esfuerzo para recuperar la consciencia. Le dolía la cabeza, tenía la boca seca y le molestaba el estómago. Se apoyó en las almohadas gimiendo y abrió los ojos en una habitación que le era completamente desconocida. Presa del pánico, salió de la cama, y se sintió consternada al ver aparecer a Valente en la puerta.

–He oído que te levantabas –le dijo éste–. Te pediré algo de desayunar.

Caroline intentó taparse con la colcha y se agarró al poste de la cama.

–No, gracias –dijo con voz débil, angustiada al darse cuenta de que no había vuelto a su casa la noche anterior y de que no recordaba nada de lo que había ocurrido después de vomitar.

Valente se apoyó contra el marco de la puerta, parecía un modelo posando.

–Come. Te sentirás mejor. Y tal vez te vengan bien un par de pastillas.

–¿Por qué no me llevaste a casa? –le preguntó Caroline sin mirarlo, viendo que en la almohada que había al lado de la suya había la huella de una cabeza–. Dios mío... ¿hemos dormido juntos?

–El sofá era demasiado pequeño para mí.

–¿Hemos...? Quiero decir...

–¿Tan desesperado piensas que estoy?

–Entonces, no hemos hecho nada. Mejor.

–Sí, mejor, pero no vuelvas a beber tanto.

–No lo haré. Fue un horrible error y siempre aprendo de mis errores.

–Algún otro hombre se habría aprovechado de ti en semejantes condiciones.

–Está bien, mensaje recibido –respondió Caroline, avergonzada–. Si te parece bien, voy a darme una ducha.

Valente asintió.

–El desayuno estará esperándote cuando hayas terminado.

Recogió su vestido azul del suelo y se fue al cuarto de baño tapada con la colcha. Allí se preguntó qué hora sería y se miró el reloj. Eran las ocho en punto. Era probable que sus padres no volviesen a casa hasta la hora de la comida. Dio las gracias por haber tenido tanta suerte y se metió en la ducha.

¡Qué desastre era! ¿Cómo podía haber bebido tanto?

Salió de la ducha, se vistió con la ropa de la noche anterior e hizo lo que pudo con su pelo, pero el alcohol había hecho que tuviese el rostro pálido y cansado. Salió a reunirse con Valente a regañadientes. Éste le dio un par de pastillas y un vaso de agua primero, y ella se las tomó sin protestar porque se sentía fatal. En la mesa había muchas cosas para comer. Caroline comió un poco para intentar que se le sentase el estómago. Mientras comía, bebió grandes cantidades de café solo. Valente le relató la visita del doctor la noche anterior y ella volvió a sentirse avergonzada.

—Anoche sonó tu teléfono móvil y lo apagué —le dijo después.

Caroline buscó el teléfono en su bolso y lo volvió a encender. Frunció el ceño al ver que tenía varias llamadas perdidas y se puso nerviosa al ver que la habían llamado tanto su madre como su tío Charles en varias ocasiones.

—¿Qué ocurre? —le preguntó Valente.

Caroline ya estaba marcando el número de su tío, que respondió enseguida.

—¿Caroline? Gracias a Dios que te has puesto en contacto conmigo.

Luego le contó que su padre se había encontrado raro la noche anterior y se lo habían llevado al hospital. Su madre, que lo había acompañado, había llamado a Charles esa mañana para preguntarle si debía llamar a la policía porque que no conseguía localizar a Caroline.

—Iré directa al hospital —le aseguró ella a su tío.

—¿Al hospital? —repitió Valente levantándose y agarrándola de un brazo—. ¿Qué ha pasado?

Con los ojos llenos de lágrimas, Caroline le relató lo que le había contado su tío y marcó el número del hospital para que le diesen un mensaje a su madre de que llegaría allí lo antes posible.

—Yo te llevaré ahora mismo —le dijo Valente—. Pero ¿para qué iba a llamar tu madre a la policía? ¿Nunca pasas la noche fuera de casa?

—Por supuesto que no. Anoche no me preocupé porque di por hecho que estarían en casa del tío Charles —se lamentó—. Ahora sabrán que no he dormido en casa y se sentirán muy decepcionados conmigo. ¿Con quién voy a decirles que estaba? Si les digo la verdad, se armará una buena.

—Eres una adulta, no una niña, *piccola mia*. No tendrías por qué darles ninguna explicación. Y has estado varios años casada. No puedo creer que sigas permitiendo que tus padres dirijan tu vida.

—¡Eso no es así! —protestó ella enfadada—. No suelo salir por las noches y saben que no tengo novio. Así que es normal que se preocupen si no estoy en casa una noche. Al contrario que tú, yo llevo una vida muy tranquila. ¿Por qué demonios apagaste mi teléfono?

A eso Valente no pudo contestar.

—Me siento fatal. Todo el mundo pensará que he tenido un lío de una noche cuando me vean salir del hotel con esta ropa.

—Estaba claro que todo iba a salir mal. Tú y yo somos demasiado diferentes.

Bajaron a recepción y Caroline intentó pasar desapercibida, pero Valente le dio la mano y la condujo hacia la boutique del hotel.

—Ya he llamado por teléfono —le dijo.

Una vendedora se acercó a ellos sonriendo.

—¿El señor Lorenzatto? Creo que tengo exactamente lo que están buscando.

Sonriendo, le tendió a Caroline una gabardina color azul para que se la probase.

Ésta se la puso y se ató el cinturón.

—Te queda perfecta —le dijo Valente, pagándola antes de volver a salir al hall del hotel.

–Ya te devolveré el dinero –murmuró Caroline, sintiéndose aliviada, ya que su madre no se daría cuenta de que iba vestida de noche.

–Es la ventaja de ser la amante de un hombre rico, que nunca pagas –le respondió él.

–No sabía que todavía estuviese en pie tu propuesta –le dijo Caroline mientras salían a la calle, donde los esperaba todo el séquito de Valente, que la miraba con curiosidad.

Valente se dio cuenta de que todos los hombres miraban a Caroline. Aunque ella no hiciese ningún esfuerzo por atraer la atención masculina, irradiaba feminidad y sex-appeal. Apretó los dientes con fuerza. Unos minutos antes había pensado que no quería tener nada que ver con ella, pero la idea de dejarla libre, al alcance de cualquier otro hombre, no le gustaba nada.

Volvió a mirarla.

–Vas a aceptarla, ¿verdad? –le preguntó.

Ella asintió muy despacio.

–Entonces, ¿piensas que lo puedes hacer mejor que anoche?

–Eso, seguro –le respondió ella.

Valente le sonrió de nuevo por primera vez desde que lo había dejado plantado en el altar.

Capítulo 5

N O HACE falta que entres conmigo –le dijo Caroline a Valente cuando la limusina se detuvo delante del hospital.

Valente la ignoró y siguió andando a su lado.

–Seguro que tienes cientos de cosas más importantes que hacer –insistió ella casi sin aliento.

Preguntaron dónde estaba el padre de Caroline y, cuando se dispuso a seguirla, ella lo agarró por las solapas.

–No puedes permitir que mis padres te vean, ni que sepan que estuve contigo anoche.

–¿Eres una niña o una adulta?

–No se trata de mí ni de ti, sino de la salud de mi padre. No debe llevarse ningún disgusto. Está en lista de espera para una operación de corazón –le explicó.

–No obstante, me gustaría hablar con ellos.

–Eres el tipo que ha comprado su negocio y que va a echarlos de su casa –le recordó Caroline–. ¿Por qué iban a querer verte, con lo preocupados que están por la salud de papá?

Al final, Valente accedió a esperarla en la esquina del pasillo donde estaba su padre, las cortinas estaban entreabiertas y Valente pudo ver a los Hales. Le sorprendió que hubiesen envejecido tanto desde que no los había visto.

No obstante, en cuanto oyó hablar a Isabel, supo que seguía siendo la misma mujer controladora.

–¿Dónde estuviste anoche? –le preguntó a Caroline en tono acusador–. Estábamos muy preocupados por ti.

–Bueno, bueno –intervino Joe–. Con la edad que tiene, no hace falta que se pase todas las noches en casa.

–Tuve una reunión con Valente –respondió Caroline, decidiendo ceñirse a la verdad lo máximo posible–. Como sabía que estabais con el tío Charles, apagué el teléfono. Siento que no hayáis podido contactar conmigo antes.

–¿Fuiste a ver a ese italiano a escondidas? –inquirió su madre, furiosa.

–Ya sabes que tenía que ir a verlo ayer por la mañana –se defendió Caroline–. ¿Cómo te encuentras, papá?

–Cansado, eso es todo.

–No podemos dejarlo pasar. Es un asunto de decencia –continuó Isabel–. Me niego a seguir hablando contigo, Caro, hasta que no nos digas por qué no volviste a casa anoche.

Caroline guardó silencio mientras intentaba inventarse una historia que sonase convincente. ¿Podía decir que había estado en Winterwood, pero no había oído el teléfono? ¿O debía plantarse y decir que era lo suficientemente mayor como para tener cierta intimidad? Aquél no era el momento ni el lugar. Miró a su madre a los ojos y se sintió como la peor hija del mundo, pero supo que no sería feliz hasta que no le plantase cara.

Valente apartó la cortina y apareció a su lado.

—Anoche no pude permitir que Caroline volviese sola a una casa vacía. Winterwood está lejos, apartada de todo, y pensé que tenía más sentido que pasase la noche en el hotel.

Isabel Hales lo fulminó con la mirada y abrió la boca, pero su marido ya estaba dándole a Valente las gracias por su decisión.

—Fue una buena idea, dadas las circunstancias —dijo Joe.

—Por supuesto, Caroline protestó —continuó Valente.

—Sí —admitió ésta, hecha un manojo de nervios—. Papá, pareces cansado, deberías dormir un poco.

—Permita que la acompañe a casa —le dijo Valente a Isabel Hales—. Debe de estar agotada, si ha pasado aquí toda la noche.

—Joe me necesita —respondió ella, mirándolo con desconfianza.

—Estaré bien, ya volverás luego —le dijo su marido, agarrándola de la mano.

Valente vio lágrimas en los ojos de Isabel y pensó que, al fin y al cabo, también tenía su lado humano.

Isabel se sentía dolorida después de tanto tiempo sentada, así que le pidió ayuda a su hija para incorporarse. Habló con la enfermera antes de marcharse y salieron del hospital mucho más despacio de lo que habían entrado. A Caroline le sorprendió que su madre hubiese aceptado volver a casa en el coche de Valente, pero se dio cuenta de que estaba muy cansada.

En cuanto Isabel Hales se dio cuenta de que el medio de locomoción era una limusina, empezó a ser mucho más simpática y empezó a tratar a Valente como si fuese un viejo amigo y no alguien a quien había tratado con todo desprecio. Pronto fue evidente que su madre estaba impresionada por la riqueza de Valente y Caroline se sintió avergonzada al pensar que él también se habría dado cuenta.

Valente las acompañó a la puerta de la casa y después apoyó una mano en el hombro de Caroline.

–Te llamaré mañana –le dijo.

–No es necesario.

–Sí que lo es –la contradijo él.

–Estaré en el hospital con papá –le advirtió ella.

–Pero no todo el día –intervino Isabel Hales.

–Tengo que terminar un pedido antes del viernes –añadió Caroline sin poder creer en el alarmante cambio de actitud de su madre.

–Cenaremos juntos mañana por la noche, *bella mia*. Mandaré un coche para que te recoja a las siete –insistió Valente.

–¿Mamá, qué estás haciendo? –le preguntó Caroline a su madre en cuanto Valente se hubo marchado.

–No, ¿qué estás haciendo tú? –inquirió su madre–. Tu camionero se ha convertido en un hombre rico y tan dispuesto como hace unos años...

–¡De eso nada! –replicó ella.

–No es momento de ser tímida, Caro –le dijo su madre–. He visto cómo te mira. Es el dueño de nuestro negocio. Y de nuestra casa. Tú te pasas el día trabajando, pero eres más pobre que las ratas. Un marido rico resolvería todos tus problemas.

–¡No, no lo haría! –respondió Caroline–. ¡No tengo intención de volverme a casar!

–No todos los hombres son como Matthew –comentó su madre.

Caroline, que ya iba en dirección a las escaleras, se giró bruscamente.

–¿Qué has querido decir con eso, mamá?

Isabel suspiró.

–Sé que Matthew tenía otros... diremos... intereses. Como aquella secretaria de grandes pechos a la que contrató. La camarera de The Swan. La mujer del mecánico. ¿Quieres que continúe?

–No, no tenía ni idea de que lo supieses. Nunca dijiste nada.

–No era asunto mío –respondió Isabel.

–¿No? Siempre ponías a Matthew por las nubes. Pensabas que era perfecto porque había ido a una universidad privada. Nunca miraste más allá de la superficie. Me convenciste de que mi amistad con él sería mucho mejor base para el matrimonio que lo que tenía con Valente.

Isabel frunció el ceño al ver que su hija le levantaba la voz.

–Contrólate, Caro. Tengo que admitir que Matthew me decepcionó como yerno, pero jamás habría imaginado que le gustarían las mujeres vulgares con los pechos grandes.

Caroline se quedó pálida cuando su madre le recordó las preferencias de su difunto marido.

—¿Por qué no me dijiste que lo sabías? Para mí habría sido muy importante poder confiar en ti.

—No habrías querido hablar de algo tan desagradable con tu madre. Y ya sabías lo que tenías que hacer, fingir que no te enterabas de nada. No me necesitabas.

Caroline se giró, le picaban los ojos. Al principio, no había querido fingir que no se enteraba de lo que ocurría, pero Matthew le había dicho que no iba a tolerar que interviniese en su vida privada. Le había recordado una y otra vez que era una mujer anormal y que él necesitaba que otras mujeres le diesen lo que ella no le daba.

—Matthew y tú teníais muchas cosas en común. Todo tendría que haber salido bien —comentó Isabel con pesar—. Y pensamos que sería perfecto para cubrir nuestras necesidades también.

—¿Vuestras necesidades?

—No seas inocente, Caro. Sabes que tu padre y yo siempre deseamos que te casases con alguien capaz de heredar el negocio. Matthew parecía ser la persona adecuada.

—¿Por eso insististe tanto en que me casase con él? —inquirió Caroline.

—Erais muy amigos. Os conocíais de toda la vida.

—¿Por qué decidieron los padres de Matthew invertir en Hales cuando nos casamos?

—Porque querían que sentase cabeza y a nosotros nos alegró poner la empresa en sus manos.

—¿De verdad?

Caroline estaba empezando a darse cuenta de que su matrimonio había tenido lugar debido a un acuerdo entre su familia y la de Matthew.

—Tu padre pensó que la empresa necesitaba aire fresco. Matthew era joven y dinámico.

—Así que los Bailey invirtieron en Hales porque su hijo iba a ocupar la dirección. ¿Es ése el único motivo por el que se casó conmigo?

—No seas ridícula, Caro —replicó su madre—. Matthew te quería...

—No —la interrumpió ella—. Matthew nunca me quiso. De eso estoy segura. Pero tenía gustos caros y sus padres estaban empezando a cansarse de pagárselos.

—Dios mío, Caro, qué cosas dices.

Caroline se contuvo para no seguir hablando.

—Me voy a la cama.

—No sé qué te pasa —le dijo su madre.

—No, nunca me has entendido —admitió ella.

—No seas patética —le dijo Isabel exasperada—. Tu padre y yo pensamos que era lo mejor para ti.

—Pero yo quería a Valente —respondió Caroline con voz temblorosa.

—Y todavía puedes tenerlo, si eres lo suficientemente lista como para volver a pescarlo.

Caroline se metió en la cama y se puso a llorar por haberse dejado engañar cinco años antes.

Pasó gran parte del día siguiente con su padre,

esperando con paciencia a que le hiciesen pruebas y obligándolo a descansar. Por la tarde volvió a casa para trabajar. Cuando terminó, recordó que sólo quedaba una hora para su cita con Valente.

—¿Ahora vas a arreglarte? —le preguntó su madre al verla subir las escaleras—. ¡Eres un desastre!

—Gracias —respondió Caroline.

—Hasta las chicas guapas tienen que hacer un esfuerzo —continuó Isabel—. No has ido a que te peinen, ni a que te hagan la manicura.

Caroline miró a su madre fijamente.

—Lo único que no te gustaba de Valente era que era pobre. Ahora que es rico te parece más que aceptable.

—Si pretendes seguir insistiendo en hablar del pasado, no diré nada más, pero tienes que esforzarte más en mantener a un hombre, Caro. Tal vez Matthew hubiese estado más tiempo en casa si tú hubieses prestado más atención a tu aspecto.

Las palabras de su madre, que debía haber sabido lo infeliz que era en su matrimonio, le dolieron más que una bofetada. Subió a su dormitorio y buscó en el armario algo que ponerse, pero no tenía nada estiloso. Al final escogió un vestido color crema de manga larga y una chaqueta que se había puesto en una ocasión para una boda y fue a darse una ducha.

Por vez primera reconoció que Matthew había sido un matón, que la había dejado sin energía, haciendo continuamente que perdiese la confianza en sí misma. Su familia política la había acusado de sus ausencias, sugiriendo con frecuencia que Matthew habría estado más en casa si ella le hubiese dado un hijo, pero Caroline pensaba que, si hubiese sido así, Matthew, que nunca había querido crecer, habría salido huyendo. No obstante, ya no sabría nunca si su marido le habría sido fiel si ella no hubiese sido frígida. Frígida. Qué palabra más horrible e inapropiada, pensó Caroline mientras se secaba el pelo y se lo alisaba. No pensaba que esa palabra pudiese describir el pánico y el miedo que la habían consumido frente a la amenaza del sexo. Se estremeció al volver a pensar que era típico de Valente descar lo que no podía tener.

Se maquilló un poco, se puso unos zapatos color crema con poco tacón y bajó para meterse en la limusina que la estaba esperando. Antes de marcharse, su madre la llamó y le dijo:

—Entenderé que hoy llegues muy tarde, pero que sepas que me parece que te comportas con demasiada sobriedad.

A Caroline le entraron ganas de echarse a reír. Allí estaba la manipuladora de su madre, diciéndole que no pasaba nada si se acostaba con Valente porque, si no lo hacía, no conseguiría cazarlo. En esos momentos, ella estaba más preocupada por su padre. Si Hales cerraba, se lo tomaría muy mal, ya que se culparía por ello. Caroline tenía que aceptar que existía la posibilidad de que su padre falleciese antes de que lo operasen, y eso le hizo sentir fatal.

Valente observó cómo Caroline atravesaba el salón para acercarse a él. Se había puesto un vestido mucho menos atrevido que el de la noche anterior, que la tapaba del cuello a la rodilla y era recto. Sí se había dejado el pelo suelto, enmarcando su exquisito rostro. Lo miró a los ojos como una prisionera que se dirigiese a la horca. Fue una imagen que molestó y ofendió a un hombre acostumbrado a que las mujeres lo admirasen y deseasen.

Caroline vio apreciación en la mirada de Valente, que la intimidaba, la ponía nerviosa y le recordaba su propia incapacidad para responder.

–Ese vestido es tan horrible que estoy deseando arrancártelo –le confesó Valente mientras Caroline leía la carta.

Ella palideció y levantó la vista con miedo.

–Es una broma, *piccola mia* –añadió enseguida–. Estoy deseando verte vestida con ropa de diseño que te siente bien.

–He perdido peso desde que Matthew murió. No me sirve casi nada de lo que tengo –le dijo ella.

Él le acarició el dorso de la mano, que Caroline tenía cerrada sobre la mesa. Ella tembló al notar cómo le subía un escalofrío por todo el brazo.

–Intenta relajarte. Me estás poniendo nervioso.

–No pensé que eso fuera posible.

–Contigo, todo es posible –le respondió Valente–. ¿Estás preocupada por tu padre?

Caroline hizo una mueca.

–Por supuesto. Necesita que lo operen de manera urgente.

–Pero ahora está en un hospital público, donde supongo que hay una lista de espera para dichas operaciones, y tendrá que aguantar hasta que le toque –le recordó Valente–. Yo podría pagar la operación en un hospital privado y tu padre no tendría que esperar tanto.

Caroline se mostró sorprendida y lo miró fijamente.

–No puedo creer que me estés ofreciendo algo así...

–¿Por qué no? Quiero volver a tenerte en mi vida, cueste lo que cueste.

Ella frunció el ceño, consternada.

–No puedes jugar con la vida de la gente, Valente. Nadie debería hacerlo.

Él se reclinó en su silla y la miró con decisión, como si estuviese retándola.

–Cueste lo que cueste –repitió en tono dulce.

Fue entonces cuando Caroline se dio cuenta de que le acababa de hacerle una oferta que no podía rechazar...

Capítulo 6

HAS GANADO –admitió Caroline–. Haría cualquier cosa por mantener a mi padre con vida.

–Eso es admirable, *gioia mia*. Admiro la lealtad –le respondió Valente–. Sólo tenemos que acordar las condiciones.

Caroline deseó tirarle la jarra de agua por la cabeza al ver que no intentaba ocultar su satisfacción. Ganar era muy importante para Valente Lorenzatto, y eso la asustaba porque su crueldad parecía no tener límites. Con la palabra condiciones había querido referirse a si iba a convertirse en su amante o en su esposa. La estaba conduciendo en una dirección en la que ella no quería ir. Por su propia seguridad, necesitaba un acuerdo duradero. Era demasiado fácil deshacerse de una amante y estaba segura de que Valente pronto querría sacarla de su vida.

Valente deseaba y esperaba recibir sólo placer de las mujeres. En el pasado, habían sido muchas las que lo habían adulado por su atractivo y su fuerte personalidad. Ya por entonces, el sexto sentido de Caroline le había advertido que era un hombre con muchas conquistas a sus espaldas. En esos momentos también era rico, así que debía de resultar irresistible. Al fin y al cabo, ni siquiera ella era completamente inmune a la magnética atracción que sentía por él. No obstante, no era lo mismo darse unos besos que compartir cama.

Les sirvieron el primer plato. Caroline lo apartó mientras Valente la estudiaba con la mirada.

—Come —le ordenó de inmediato, volviendo a acercarle el plato—. Estás demasiado delgada.

Ella se puso colorada.

—Soy de complexión delgada.

—Anoche, cuando te tomé en brazos, me di cuenta de que pesabas lo mismo que una niña.

—Es una tontería que te preocupes por eso. Soy feliz tal y como soy —le dijo Caroline, preguntándose si a Valente le gustaría el mismo tipo de mujer que a su difunto marido.

—Si tienes pensado pedirme que me case contigo, tendrás que estar sana para quedarte embarazada —puntualizó Valente con frialdad—. Aunque espero que no sea ésa la opción que pretendes escoger.

—¿Por qué? —inquirió ella.

Valente le puso un tenedor y un cuchillo en las manos vacías con precisión militar.

—Estoy siendo sincero. No quiero casarme contigo. No soy la misma persona que hace cinco años. No pienso igual. Ni siento lo mismo.

Caroline se ruborizó al oír que la rechazaba. Respiró hondo.

—Ya sé que no eres el mismo. Antes eras mucho más simpático y cariñoso.

—Y aun así no llegaste a la iglesia a tiempo —respondió él en tono irónico, sonriendo—. No quiero una esposa. Quiero una amante. Seré mucho más generoso si aceptas mis condiciones.

Caroline miró a su alrededor y se dio cuenta de que eran varias las mujeres que los miraban, siendo Valente el centro de su atención. Ella pensó con tristeza que siempre lo desearían otras mujeres. Y ella quería engañarlo porque, a pesar de tacharlo de cruel, tampoco era honrado por su parte optar por un matrimonio que era poco probable que consumase. Se sintió avergonzada, y asustada, porque le daba miedo volver a entrar en el campo de minas del matrimonio y en el reto de la cama matrimonial.

Valente la observó e intentó descifrar su expresión. La noche anterior había sido una tortura estar tumbado a su lado sin tocarla. Sólo tenía que imaginar lo que haría con ella cuando tuviese la oportunidad para tener una erección. ¿Qué tenía aquella mujer que le resultaba sexualmente mucho más atractiva que otras?

Pero casarse con ella para llevársela a la cama sería pagar un precio demasiado alto. Era probable que, en cuanto la hiciera suya, dejase de sentirse tan atraído por ella, y no era tan fácil deshacerse de una mujer como de una amante. Por otra parte, un hijo de dicho matrimonio le aseguraría que ya no tendría que casarse con otra mujer en el futuro. Necesitaba un hijo para que continuase con la línea de sucesión y protegiese las propiedades de los Barbieri para la siguiente generación y se ocupase de su imperio.

–Tendríamos que casarnos –se obligó a decirle Caroline, a la que no le gustaba mentir y que estaba segura de estar haciéndolo.

Valente se había ofrecido a pagar la operación de su padre, a permitir que sus padres se quedasen en Winterwood, y a conservar los puestos de trabajo de Hales Transport. Si le había ofrecido demasiado, era culpa suya. ¿Cómo iba ella a rechazarlo? Valente podía cambiar sus vidas, aunque si se casaba con él, también podría destrozarla a ella y completar la tarea que había empezado Matthew.

Valente la estudió como un gato estudia a un ratón antes de abalanzarse sobre él.

–¿Por qué?

Ella sintió calor y se quitó la chaqueta, tentándolo con su cremoso escote.

–Porque papá jamás aceptaría la otra opción. Es un hombre chapado a la antigua...

–Hoy en día, muchas parejas viven juntas sin casarse –le respondió él, disfrutando de la curva de sus pechos redondos e imaginándose acariciándolos.

Si se casaba con ella, siempre la tendría disponible, no tendría ni que llamarla por teléfono para que acudiese.

–No confío en que mantengas tus promesas si no me convierto en tu mujer –confesó Caroline, dejando el tenedor y el cuchillo, sorprendida de haber vaciado el plato casi sin darse cuenta.

Valente salió de sus pensamientos con brusquedad.

Los ojos grises de Caroline estaban muy pálidos y lo estaban retando.

–No confías en mí –dijo él, serio.

–Ni tú en mí –replicó ella.

–Mientras no seas violento ni grosero, lo soportaré.

Valente cerró los ojos un instante, ocultando así su sorpresa. Por primera vez, sintió curiosidad por saber más acerca de su matrimonio con Matthew Bailey.

–No seré ninguna de esas dos cosas.

–En ese caso, estamos de acuerdo, ¿no? –le preguntó Caroline con nerviosismo.

–Nos casaremos en cuanto sea posible –le dijo él con frialdad.

–¿De verdad quieres que tengamos un hijo? –susurró ella poco después de que les sirvieran el segundo plato, ya que le resultaba casi imposible creer que Valente hubiese accedido a casarse.

–Sí, *gioia mia*. Algún beneficio tengo que sacar de nuestro pacto.

Dadas las circunstancias, era una locura, pero Caroline se sintió herida por su frialdad. Valente hablaba y se comportaba como si la quisiese a cualquier precio, pero era evidente que su inteligencia mandaba más que su pasión. A ella le indignó que le pidiese un hijo, pero pensó que no merecía la pena discutir, ya que estaba convencida de que su pacto se terminaría en cuanto lo decepcionase en la cama. Jamás tendrían la oportunidad de concebir un hijo, lo que significaría que ella volvería a decepcionarlo. Eso no le gustó. De repente, pensó que, hiciese lo que hiciese, todo lo hacía mal.

Después de la cena, Valente insistió en llevarla a su casa. La acompañó a la calle con una mano apoyada en su espalda.

Estaba a mitad del camino cuando Valente decidió cambiar de dirección. La madre de Caroline estaba con su padre en el hospital, y la limusina fue hacia allí en su lugar.

–Cuanto antes se lo digamos a tus padres, mejor. Así tu padre no tendrá de qué preocuparse –le dijo Valente con seguridad.

Caroline se sintió abochornada cuando vio que su madre se mostraba encantada con la noticia. Como Valente era rico, Isabel ya no tenía nada en contra de él. Caroline no fue capaz de mirarlo, pero sí vio que su padre parecía aliviado al ver que hacía lo correcto tanto para su familia como para el negocio.

De vuelta a Winterwood, Valente habló con ella de los planes que tenía para la casa. Quería hacer obras en la planta baja para acondicionarla a las necesidades de sus padres.

–Aunque podrán utilizar también el resto de la casa cuando nosotros no estemos en ella.

–¿Y dónde vamos a estar?

–Tendremos nuestra residencia en Venecia, pero también he heredado otras propiedades de mi abuelo.

–No sabía que tuvieses un abuelo vivo, ni que fuese tan rico que poseyese varias propiedades –le confesó, sorprendida.

–Ya te iré contando –le dijo él, levantando la mano para apartarle un mechón de la cara.

Luego la miró con ojos brillantes e inclinó la cabeza hacia ella. Caroline se quedó inmóvil y cerró los ojos con fuerza mientras notaba un calor impaciente entre los muslos y sentía deseo. Valente la besó despacio y ella se estremeció y abrió los labios para él, más con curiosidad que con miedo.

–Te deseo tanto, *bellezza mia*. Dile a tu madre que no espero una gran boda. Asegúrale que pagaré cualquier factura, pero que quiero que la boda tenga lugar de aquí a dos semanas. Mis empleados la ayudarán –dicho aquello, le metió la lengua en la boca.

–¿Dos... semanas? –exclamó Caroline, apartando la cabeza–. ¿Estás loco?

–Impaciente. Pediré un permiso especial.

Valente la agarró por la barbilla y la besó todavía más despacio, haciendo que Caroline se marease. Le sorprendió que le gustase tanto sentir la presión de sus labios, la sutil seducción de su lengua, y ser tan consciente de que tenía la mano en su muslo y que sólo tendría que meterla por debajo del vestido para acceder a un lugar mucho más íntimo. Sólo de pensarlo, se puso tensa.

–Aunque no existe motivo alguno para esperar a entonces antes de meternos juntos en la cama, *gioia mia* –añadió, apartando la mano de su muslo–. Supongo que tú prefieres esperar, ¿verdad?

–Sí, sí –respondió ella en un susurro, hecha un manojo de nervios.

–He esperado tanto, *bellezza mia*, que te tendré un mes metida en la cama cuando por fin estemos casados –le prometió.

Caroline sintió angustia, porque sabía que Valente pronto se sentiría desilusionado y la odiaría. Recordó cómo, cinco años antes, había deseado inocentemente que le hiciese el amor. Por aquel entonces no le había tenido miedo a su pasión. Había confiado por completo en él. Caroline sabía que la debilidad era su mayor defecto, y si le decía a Valente que le había asustado cometer un error al casarse con él, éste se enfadaría. Entonces, la dejaría y volvería a perderlo de nuevo. Sus padres se quedarían sin casa, cerrarían Hales Transport y su padre tendría que esperar mucho tiempo a ser operado. Hiciese lo que hiciese, sería responsable de todo lo que saliese mal. Valente le había dicho que admiraba su lealtad. ¿Seguiría admirándola cuando lo engañase por el bien de su familia?

–¿Qué te pasa? –le preguntó Valente, al ver que se había puesto tensa.

–Nada.

Caroline se giró para mirarlo. La luz de la luna que entraba en la parte trasera de la limusina acentuaba los fuertes rasgos de su atractivo rostro. Por primera vez en muchos años, había deseado tener contacto físico con un hombre. Deseó acariciar su mandíbula, trazar la línea de su arrogante nariz de emperador romano y aquella bonita y testaruda boca. De repente, se dio cuenta de que no soportaría que Valente la rechazase cuando no lo satisficiese sexualmente. Y el miedo hizo que se le encogiese el estómago.

Joe Hales observó a su hija bajar por las escaleras vestida de novia. Llevaba un vestido de corte clásico, con piedras preciosas en los tirantes, que le sentaba como un guante hasta debajo de las caderas, donde se abría hasta los pies. Caroline llevaba también un velo corto, sujetado por una tiara de plata.

–Estás preciosa –le dijo su padre orgulloso, con los ojos llenos de lágrimas–. No sé por qué tu madre pensó que sería de mal gusto que fueses vestida de novia.

–Por Matthew –contestó ella–, pero ya sabes que Valente quería verme vestida así.

Su padre sonrió.

–Pues a tu madre no le gusta que la contradigan.

–Ni a Valente tampoco –comentó Caroline.

Por desgracia, estaba decidido a hacer como si fuese la primera vez que se casaba, por eso no había querido que se organizase una ceremonia civil, con Caroline vestida en tonos pastel.

Valente había vuelto a Italia unos días después de acceder a casarse con ella, pero desde entonces le había dicho todo lo que quería por teléfono, como si fuese su empleada, más que su futura esposa. Casi todas sus posesiones, incluido su material de trabajo, habían sido empaquetadas y enviadas a Venecia. Su madre había deseado organizar una fiesta por la noche, después de la boda, pero Valente había insistido en que los novios se marcharían esa misma tarde a Italia. A Koko le habían puesto un microchip y la habían vacunado antes de enviarla, esa misma mañana, a casa de Valente.

Hales Transport seguía funcionado y había planes para ampliar el negocio. Durante las dos últimas semanas también se habían decidido los cambios que se harían en Winterwood, después de una larga reunión con un arquitecto y con sus padres. Joe e Isabel estaban felices por poder quedarse en Winterwood y encantados con la idea de vivir en una casa más adecuada a sus necesidades. Mientras se hacían las reformas se alojarían en un hotel, a expensas de Valente. Éste también había dado órdenes de que volviese a contratar al ama de llaves y al jardinero que ya habían trabajado para ellos con anterioridad para que cuidasen de la propiedad en ausencia de los Hales. Como culmen de la eficiencia de Valente, Joe iba a ser operado en un hospital privado al mes siguiente.

El acuerdo prenupcial que Caroline había tenido que firmar había sido muy minucioso. A ella le había sorprendido que cubriese desde la infidelidad, hasta el número de viajes que podía hacer. Si tenían un hijo, tendría que continuar viviendo en Italia aunque el matrimonio terminase en divorcio. Cada pecado que cometiese afectaría a la cantidad de dinero que recibiría si se divorciaban, que era enorme. Ella lo había firmado todo sin rechistar. Si Valente cumplía con las promesas que ya le había hecho, no podía esperar nada más de él.

Pero había llegado el momento de la boda y estaba muy nerviosa. La ceremonia iba a tener lugar en la misma iglesia a la que no había acudido cinco años antes. Valente se había negado a escoger otra. Una alfombra roja cubría las escaleras y había fotógrafos a la entrada del antiguo edificio. Caroline sintió como si ya hubiese vivido aquello, ya que, durante años, se había preguntado cómo habría sido su vida si se hubiese casado con Valente.

Preciosas flores adornaban cada centímetro visible del austero interior de la iglesia. Caroline intentó no pensar en su primera boda, durante la cual Matthew había empezado a demostrarle cómo era en realidad. Valente no era Matthew, se recordó a sí misma con furia, intentando mantenerse animada. Valente se dio la vuelta en el altar, la miró y ella se tranquilizó por un momento. Estaba muy guapo, con un traje de color gris. Sus increíbles ojos la recorrieron con apreciación y eso hizo que Caroline se sintiese aliviada y contenta.

Una pequeña voz en su interior le susurró que Valente no sería tan generoso con ella al final del día y Caroline sintió que un escalofrío le recorría la espalda. Tal vez Valente la desease como Matthew no la había deseado nunca, pero su deseo destruiría aquel matrimonio incluso antes de que empezase.

La ceremonia fue breve y emotiva. Valente le tomó la mano con firmeza y le colocó una alianza en el dedo. Cuando fueron nombrados marido y mujer, y él se giró para besarla, ella pensó que su cuerpo ya no era inviolable.

–Tienes la piel como el hielo –le dijo Valente en un susurro–. Debes de tener frío, *bellezza mia*.

Pero Caroline se había quedado helada sólo cuando él la había besado apasionadamente y le había asustado pensar en lo que ocurriría esa noche, cuando estuviesen solos. Entonces, ya no sería su belleza.

–Estás preciosa –comentó Valente–. ¿Quién ha escogido el vestido?

–Yo –admitió ella con cierto orgullo–. A mamá le gustan demasiado las florituras.

Valente inclinó la cabeza y murmuró con voz ronca.

–A mí lo que me gusta es el encaje.

Caroline se puso roja como un tomate, ya que sabía que Valente se estaba refiriendo al íntimo regalo que le había hecho llegar el día anterior. Un conjunto de lencería de seda y encaje color marfil. Nunca había visto algo semejante y, por supuesto, jamás se lo había puesto. Le habían entrado náuseas al verlo, y se había sentido intimidada al ponérselo debajo del vestido. Al fin y al cabo, ningún otro regalo podría haberle sugerido de forma más explícita lo que el novio esperaba de ella.

Valente quería una mujer de ensueño, que se paseanse medio desnuda, una mujer atrevida y audaz en la cama. Tenía en su mente una mujer que ella jamás podría ser. Una mujer segura de su cuerpo y de su sexualidad, que disfrutase poniéndose aquel tipo de lencería para excitar a un hombre. No obstante, a ella le daba miedo que se excitase y era demasiado consciente de sus defectos físicos, de que tenía los pechos pequeños y las caderas estrechas, y de que no tenía la voluptuosa feminidad que tanto gustaba a los hombres.

—Pareces una reina de hielo... Sonríe —le dijo Valente mientras salían de la iglesia y su equipo de seguridad mantenía a los fotógrafos de la prensa detrás de las vallas protectoras.

—¿Por qué han venido tantos periodistas? —susurró Caroline—. ¿Son extranjeros?

—Italianos. Soy muy conocido en mi país —le respondió él con naturalidad—. Y es normal que también sientan interés por mi novia.

La recepción iba a celebrarse en el mismo hotel en el que se había alojado Valente. Al llegar allí, Caroline se dio cuenta de que Valente se estaba empezando a cansar de tratarla como a una esposa, y el cambio que notó en él la puso tensa. Su cerebro le decía que no actuaba con naturalidad cuando la abrazaba por la cintura, ni cuando la tomó de la mano para llevarla a la pista de baile y la sujetó con tanta fuerza que a ella le costó respirar. Así juntos, bailando al son de una música lenta, Caroline fue consciente de lo mucho que le excitaba a Valente el que estuvieran tan cerca.

—Estoy contando las horas que faltan para que estemos a solas, *cara mia* —admitió éste en un susurro—. Llevamos todo el día rodeados de gente.

A ella se le aceleró el corazón.

—Sí —respondió con la boca seca, temiendo el instante en el que ya no pudiese esconderse detrás de la presencia de terceros.

Valente tapó su copa de champán cuando un camarero hizo ademán de rellenársela.

–Quiero que la novia esté bien despierta –bromeó.

Caroline intentó reír al oír aquello, pero no lo consiguió.

–No tengo ningún problema con el alcohol –le dijo en un susurro.

–Pero sí lo tienes con la comida –replicó él–. Juegas con ella, pero no te la comes.

–Pierdo el apetito cuando me pongo nerviosa, eso es todo.

–¿Por qué estás nerviosa ahora?

–Bueno, para empezar, por nuestros invitados. Ha venido gente muy importante –le dijo Caroline, desesperada por dar una respuesta creíble.

Entre los invitados de Valente había políticos e importantes hombres de negocios de todo el mundo y primos de la aristocracia.

–No permitas que nadie te haga sentir incómoda, *tesora mia*. Hoy es tu gran día. Eres la persona más importante que hay aquí –le contestó él.

Pero Caroline sentía que estaba engañando a todo el mundo, y los comentarios que le hizo su madre mientras se cambiaba el vestido de novia por otro de color azul no la ayudaron nada.

–Piénsalo –le dijo–. Rechazaste a Valente hace cinco años y eso fue lo que lo inspiró a la hora de hacer fortuna, ¡para volver y recuperarte!

–No fue así, mamá. No me presenté en la iglesia y lo decepcioné.

–Pero no fue culpa tuya...

«Hace cinco años, Valente me quería», deseó gritar ella. Y ahora sólo soy una experiencia sexual que lleva esperando mucho tiempo.

Poco después de que su jet despegase, Valente la miró con curiosidad.

–¿Qué te pasa?

Aquello la sorprendió.

–¿A qué te refieres?

–Es como si alguien te hubiese succionado la vida que tenías dentro –le explicó él con el ceño fruncido, desabrochándose el cinturón para ponerse en pie–. Desde que salimos de la iglesia esta mañana pareces una muñeca que anda y habla.

Intimidada por su actitud, Caroline se encogió todavía más en su asiento.

–Han sido un par de semanas muy estresantes...

–*Per meraviglia!* ¡Ha sido el día de tu boda! –exclamó él exasperado–. ¿No era lo que querías? ¿La boda y todo lo demás?

Caroline estaba tan tensa que estaba casi hiperventilando y los latidos del corazón le retumbaban en los oídos. Entendía lo que Valente quería decirle, lo entendía de verdad. Había sido ella la que había insistido en casarse, aunque hubiese sido él el que lo hubiese organizado todo y aunque se hubiese comportado como el novio perfecto. Una muñeca que andaba y hablaba. A pesar de que Valente no la conocía en ciertos aspectos, se había dado cuenta de que algo iba mal. Pero ella no podía decirle a su recién estrenado marido que le daba miedo la noche de bodas, y que por eso estaba tan tensa. Por un momento, barajó la idea de contarle la verdad, pero en ese momento entró una azafata con un carrito.

—Creo que estoy un poco cansada —dijo en tono de disculpa. Cosa que también era cierta, ya que llevaba varias noches casi sin dormir.

Aquella explicación hizo que Valente dejase de fruncir el ceño y se relajase un poco. Le sonrió, se inclinó para desabrocharle el cinturón y la abrazó.

—Deberías intentar dormir durante el vuelo.

La llevó al compartimento en el que había una cama y la ayudó a quitarse la chaqueta. Todo lo que hacía ponía a Caroline todavía más nerviosa, así que después de quitarse los zapatos se tumbó con el vestido puesto y cerró los ojos.

—¿No estarías más cómoda sin el vestido? —le sugirió él.

—Estoy bien así —le dijo ella, volviendo a respirar cuando oyó que se cerraba la puerta.

Después se quedó allí tumbada, sin dormirse, mirando el techo y preguntándose qué iba a hacer.

Capítulo 7

HASTA que aterrizaron en la Toscana Caroline dio por hecho que iban en dirección a Venecia. En esos momentos iban en coche, por una carretera rodeada de bosque, con pequeños pueblos en las laderas de las montañas e hileras de parras iluminadas por el sol del atardecer. Era un paisaje precioso. Por fin, cedió a la curiosidad.

–¿Adónde vamos?

–A Villa Barbieri. Era de mi abuelo, Ettore.

–¿Cuándo falleció?

–Hace tres años.

–¿Estabais muy unidos?

–No desde el punto de vista sentimental, si es a eso a lo que te refieres, pero a pesar de tener muy pocas cosas en común, aparte de nuestra sangre, nos entendíamos muy bien –respondió Valente en tono frío.

Caroline no estaba preparada para recorrer el camino de gravilla, enmarcado por altos cipreses, que llevaba a la casa más grande y magnífica que había visto en toda su vida, y que no tenía nada que envidiar a un palacio.

–Dios mío –murmuró, con los ojos abiertos como platos–. ¿Quién era tu abuelo?

–Era conde, con otra docena de títulos menos importantes y una alcurnia que se remontaba a la Edad Media. Un hombre orgulloso e inteligente que decidió reconocer mi existencia cuando el resto de su familia lo defraudó.

–Parece una historia fascinante.

–Una historia que prefiero no compartir, *piccola mia*. Conténtate con saber que tu madre se quedará encantada cuando le mandes una foto y le digas que formo parte de la aristocracia.

Caroline se puso colorada, pero no le llevó la contraria. Todo el mundo sabía que su madre admiraba el estatus social y la riqueza.

Valente la acompañó dentro de la casa, pasaron al lado de alcobas adornadas con estatuas de mármol y de una exposición de óleos. Fueron recibidos en un vestíbulo circular por un hombre mayor que les hizo una reverencia, y por el resto del personal de servicio.

–El responsable de la casa. El irreemplazable Umberto –dijo Valente sonriendo mientras el hombre se acercaba.

Caroline estaba tan sorprendida por lo que acababa de descubrir acerca de la vida de Valente en Italia que, a pesar de que Umberto se dirigió a ella en inglés, no fue capaz de responderle más de dos palabras juntas. Cinco años antes, Valente le había descrito el minúsculo apartamento en el que vivía en Venecia, y en esos momentos daba la sensación de que vivía como la realeza. La que había sido su rana se había convertido en un príncipe, aunque Caroline no esperaba que el final de aquella historia fuese de cuento.

La tensión se rompió cuando vio una bola de pelo a la que conocía muy bien corriendo hacia ella.

–Koko... –exclamó Caroline, que nunca se había alegrado tanto de ver a su mascota.

La gata Siamesa se enrolló cariñosamente alrededor de los tobillos de Caroline antes de que ésta la levantase para acariciarla. Valente se acercó a examinar el animal. Los ojos de Koko brillaron y se le erizó el pelo de la espalda, la gata bufó y enseñó los dientes.

–No, Koko –le dijo Caroline con el ceño fruncido, antes de añadir sin pensarlo–: Matthew tampoco le gustó nunca.

Valente apretó la mandíbula y ella se dio cuenta de que no le había gustado el comentario.

La cena los esperaba en un comedor tan grande e imponente como el resto del edificio. Mientras les servían unos platos exquisitamente cocinados y presentados, Koko se sentó a sus pies y estuvo gimoteando hasta que Caroline permitió que se subiese a su regazo.

–Es un gato muy mimado –observó Valente.

–Es probable, pero le tengo mucho cariño –admitió Caroline, pensando en la cantidad de veces en las que el animal le había hecho compañía y le había dado cariño cuando se sentía mal.

En ese momento, consciente de que Valente se daba cuenta cuando no comía, hizo un esfuerzo real por tener apetito y consumir una cantidad razonable de la comida que le servían. Lo que le molestaba era estar intentando complacer a Valente, del mismo modo que había intentado complacer a Matthew, y había fracasado. ¿Cuándo podría hacer lo que a ella le apeteciese? Cuando terminaron de cenar, Valente se dirigió a Umberto en italiano y la hizo subir la magnífica escalera de mármol.

–Ésta es tu habitación –le anunció, cerrando la puerta antes de que le diese tiempo a entrar a la gata, dejando claro cuál era el límite.

Era una habitación grande, amueblada con antigüedades y adornada con espléndidos arreglos florales. Valente abrió varias puertas y le enseñó el cuarto de baño y el vestidor y, finalmente, una tercera y última puerta.

–Ésta es mi habitación. Me gusta tener mi propio espacio, *piccola mia*.

Caroline se quedó inmóvil en el centro de la habitación, sintiéndose más rechazada que reconfortada con aquella información. Aquello le recordó que Valente no había deseado casarse con ella, que lo había obligado, y que era probable que él sintiese cierto resentimiento al respecto. Aquella sospecha hizo que se estremeciese. No quería meterse en la cama con un hombre de mal humor.

Llamaron a la puerta y Valente fue a abrir. Umberto entró con champán y sirvió dos copas, mientras el silencio sepulcral crispaba todavía más los nervios de Caroline.

–Yo no quiero –dijo cuando Valente le tendió una copa, ya que temía que le sentase mal.

Valente dio sólo un trago de su copa antes de acercarla a él muy despacio, pero con decisión, sin dejar de mirarla con los ojos brillantes.

—Ahora, demuéstrame que va a gustarme estar casado —le pidió.

Aquello la dejó sin habla, y Caroline sintió que la tensión le agujereaba la armadura que se había puesto.

—Voy a decepcionarte —le dijo sin pensarlo.

—Eso sería imposible —la contradijo Valente.

Luego le quitó la chaqueta con tanto cuidado que Caroline no se dio cuenta de que lo estaba haciendo hasta que no la vio a un lado. La hizo girar como si fuese la muñeca con la que la había comparado un rato antes y le desabrochó la cremallera del vestido. Le dio un beso en uno de los hombros y el vestido cayó.

Caroline sacó los pies de él, demasiado consciente de que llevaba puesta la lencería que él le había regalado.

—Estás fantástica —le dijo Valente.

—¿Cómo en un sueño? —preguntó ella con voz temblorosa.

Valente tomó su mano y la hizo girar para estudiar su cuerpo con detenimiento.

—Sí... No puedo creer que por fin te tenga aquí, *bellezza mia*.

Entonces se inclinó y la besó apasionadamente. Jugó con su labio inferior y lo recorrió con la lengua antes de meterla en su boca. Caroline se estremeció, asustada por su pasión y su fuerza, pero luchando contra el miedo con todas sus fuerzas. De repente,

Valente la tomó en brazos y la llevó hasta la enorme cama. Y su imaginación se puso inmediatamente por delante de la vergüenza de estar casi desnuda, del dolor y del resentimiento.

Valente la miró fijamente. Estaba muy rígida encima de la cama y eso le hizo fruncir el ceño. Caroline era imprevisible. Había sido ella la que había insistido en casarse y, a pesar de ser una cazafortunas, no había puesto ninguna pega al contrato prematrimonial que le había hecho firmar. Sus abogados se habían alegrado mucho y le habían asegurado que su riqueza no corría peligro. Era evidente que lo que más excitaba a Caroline no era el dinero, ¿pero y si lo que quería era conseguir un estatus social? Valente no terminaba de entenderla.

Era tímida, siempre lo había sido, y estaba un poco nerviosa, pensó Valente mientras se quitaba la chaqueta, la corbata y los zapatos. Una mujer que había estado casada cuatro años no tenía por qué estar tan nerviosa, ¿o sí?

Caroline se esforzó por mantener la respiración acompasada, pero estaba tan excitada que tenía ganas de gritar. No obstante, lo que iba a hacer era relajarse y pensar en Inglaterra, como debían de haber hecho innumerables mujeres a lo largo de los siglos. Era evidente que no iba a disfrutar. No obstante, iba a funcionar con él, iba a funcionar, se repitió una y otra vez. Se quitó los zapatos y se metió entre las sábanas mientras se preguntaba qué le diría Valente si le pedía que apagase la luz. Cuando por fin lo miró, ya estaba en calzoncillos y el increíble tamaño de su erección la asustó. No iba a poder darle lo que quería.

Valente pensó, con el ceño fruncido, que estaba completamente pálida e inmóvil. ¿Querría o no querría hacerlo? Era extraño, pero jamás se le había pasado por la cabeza la posibilidad de que Caroline no lo desease. ¿Tan vanidoso era que no había barajado dicha opción? No obstante, había vuelto a sentir la química que había entre ambos, igual que cinco años antes, el deseo mutuo. Tranquilizado por esa convicción, Valente se tumbó en la cama con ella y dejó que su cuerpo delgado y bronceado tocase ligeramente el de ella mientras la besaba. Y supo que a Caroline le había gustado el beso, porque había dejado escapar un ligero gemido de placer, pero cuando notó su erección contra el muslo y que le había desabrochado el sujetador se dio cuenta de que era demasiado pronto.

Caroline no podía evitar recordar las burlas de Matthew y se encogió cuando notó que Valente le acariciaba un pecho. Una especie de ardor la recorrió y se quedó inmóvil, preparándose para sentir un malestar y un dolor peor.

–Tienes unos pechos preciosos, *bellezza mia* –le susurró Valente con voz ronca, admirando su piel fina, como de porcelana y el pezón rosado, que parecía una flor. Inclinó la cabeza para explorar aquel pedazo de piel con la boca.

Caroline no pudo evitar empujarlo de los hombros y abrir mucho los ojos debido al miedo.

–Por favor, no...

Él se quedó inmóvil, sorprendido.

—¿No te gusta? *Bene*... no hay problema.

Ella cerró los ojos con fuerza y respiró hondo. Por supuesto que había problemas. ¡Todo lo que estaba sintiendo era un gran problema! Notó la mano de Valente en su muslo y se puso rígida mientras se repetía una y otra vez que no le estaba haciendo daño. Aun así, no podía dejar de temblar.

Bajo la luz de la lámpara, Valente la estudió confundido. No sólo estaba pálida, sino que no respondía a sus caricias. Tenía la piel sudorosa y su mente lo rechazaba. Ninguna otra mujer había respondido así con él, y eso hirió su orgullo.

—¿Qué te pasa? —le preguntó—. Es nuestra noche de bodas y me estás haciendo sentir como un violador.

Ella levantó la mirada.

—Lo siento... Es sólo que estoy nerviosa.

«No me desea», pensó Valente mientras la miraba a los ojos y deseaba demostrarle lo contrario. No lo deseaba y él no quería admitir esa posibilidad. Hundió la mano en su pelo rubio y le levantó la cabeza para volver a besarla.

Caroline respondió instintivamente, se zafó de él y quiso apartarse tanto que terminó en el suelo. Se agarró al colchón y se incorporó. Estaba mareada debido al estrés y al miedo.

—No puedo... ¡No puedo hacer esto contigo!

Él la miró sorprendido, con incredulidad, apartó las sábanas y se levantó de la cama. Caroline se abrazó con fuerza mientras lo veía ponerse los calzoncillos. Era evidente que estaba tenso y molesto. Una vez más, lo había decepcionado y le había hecho daño. Se sintió como si estuviese sangrando por dentro y se odió a sí misma por ello.

–Quiero saber qué está pasando aquí –le dijo entonces, Valente, mirándola a los ojos–. Querías que me casase contigo...

–Lo sé. Lo sé. Y lo siento...

–Me da igual que lo sientas. Quiero una explicación.

Ella lo miró también y se puso nerviosa al darse cuenta de que los calzoncillos de seda no podían ocultar el bulto de su erección. Se sintió culpable.

–Ya te dije que no se me daba bien el sexo.

–Lo que acaba de ocurrir en esa cama es algo más que eso –replicó Valente–. Te has convertido en una estatua de mármol en cuanto te he abrazado, y luego me has empujado como si te estuviese atacando.

–Pensé que contigo sería distinto... Lo siento mucho. No he podido soportarlo.

Valente se quedó sólo con la última frase y pensó que no soportaba que la tocase, que estuviese cerca de ella.

–Entonces, ¿por qué te has casado conmigo? –le preguntó enfadado.

Ella se sintió todavía más desnuda de lo que estaba.

–Me gustaría vestirme para que podamos... hablar.

–*Maledizione*... ¡Habla ahora! –exclamó él–. Ya he escuchado bastantes tonterías.

Caroline retrocedió y se encerró en el baño que tenía justo detrás. Una vez allí, se quitó la lencería que todavía llevaba puesta con manos temblorosas. Odiaba aquella ropa interior tan sexy, que sólo le recordaba su ineptitud en el campo de la seducción.

–Se me está agotando la paciencia. Si no sales, tiraré la puerta abajo –le advirtió Valente desde el otro lado.

Caroline tomó la bata de seda azul turquesa que había colgada en la puerta y se la puso. Debía de ser para alguien mucho más alto y olía al perfume de otra mujer. Era normal que Valente hubiese tenido otras amantes, probablemente cientos de ellas, y todas le habrían dado más placer del que ella podría hacerle sentir jamás. Oyó que golpeaban la puerta con fuerza y miró a su alrededor en busca de una salida, pero estaba acorralada. El cerrojo saltó al segundo golpe y la puerta se abrió de par en par.

Valente la vio allí de pie, recta y desafiante, como una mártir, tapada con la bata de su última amante. No le gustó que esa bata estuviera allí. No era el mejor momento para recordar la voluptuosa sensualidad de Agnese en la cama. Agnese, que no se había saciado nunca de él. Agnese, que le había rogado que siguiese viéndola incluso después de su matrimonio y que se había atrevido a sugerirle que ninguna esposa podría reemplazarla. Y Agnese, cuya belleza y vanidad habían sido legendarias, había tenido razón por una vez.

–¿Cómo te atreves a hacerme algo así? –protestó Caroline, temblando.

Se sentía indefensa, amenazada, porque no sabía cómo calmar su ira.

—¿Cómo te atreves tú a quedarte ahí, temblando como si fuese a hacerte daño? —le replicó Valente, agarrándola por la muñeca y haciéndola volver al dormitorio—. Me merezco una explicación, ¿por qué insististe en casarte conmigo?

Era la pregunta que más había temido Caroline, ya que no tenía defensa posible.

—No podía aceptar ser tu amante —le contestó—. No habrías ayudado a mis padres ni a la empresa después de una experiencia como ésta. Por eso tenía que casarme contigo. Es culpa tuya. Me ofreciste tantas cosas por estar contigo que no pude decirte que no.

Él la fulminó con la mirada.

—Supiste desde el principio que lo único que quería de ti era sexo. Así que me has engañado.

Caroline apartó la vista de él y la bajó al suelo, se sentía culpable.

—No tenía elección, pero tenía la esperanza de que la cosa funcionase entre nosotros.

—¿A pesar de que te habías apartado de mí como si te diese asco la primera vez que nos habíamos vuelto a besar?

—No es eso lo que sentí.

—¿Cómo pudiste pensar que iba a funcionar? Sabías que te deseaba tanto que estaba ciego y no podía ver todas las señales que me estabas mandando. Mantuviste las distancias y me llevaste hasta el altar. ¡Eres una embustera y una falsa!

Cada una de las palabras de Valente se le clavaron como un cuchillo, recordándole sus errores, de los que ya era consciente.

–Sí, lo soy, pero intenté decirte la verdad desde el principio –le recordó ella–. Soy frígida. Es problema mío, no tiene nada que ver contigo.

–*Dannazione!* ¿Cómo no va a tener nada que ver conmigo? Me prometiste darme un hijo. ¿Qué esperanzas tengo ahora de lograr esa ambición?

–Ninguna, supongo –admitió ella, completamente pálida.

–Me has engañado, y no permito que nadie se marche sin pagar por lo que hace. Tal vez seas mi esposa, pero ¿durante cuánto tiempo? –inquirió en tono de burla–. Creo que se te ha escapado un detalle muy importante al hacer tus cálculos. Si el matrimonio no se consuma, será como si no hubiese ocurrido. Yo quedaré libre y tú no recibirás ninguna compensación.

Dicho aquello, Valente recogió la ropa que se había quitado, entró en la habitación de al lado y cerró la puerta con fuerza.

Lo que más le sorprendió a Caroline en ese momento fue que tuvo que hacer un esfuerzo extraordinario para no salir corriendo detrás de él. Y lo que le sorprendió todavía más fue lo mucho que le dolió su rechazo. Fue como si se le hubiese caído el techo sobre la cabeza y hubiese desaparecido el suelo bajo sus pies. No podía dejar de caer, y caer, y caer. «Lo único que quería de ti era sexo». Y aquello era lo único que no podía darle.

Toda la verdad había quedado al descubierto.

¿Se había casado con él por el bien de su familia? ¿Para salvar a los trabajadores de Hales del paro? ¿O porque había soñado con retroceder cinco años y recuperar por arte de magia el amor que había perdido? ¿Acaso no era cierto que lo que más había deseado había sido tener una segunda oportunidad con Valente? Pero lo pasado, pasado estaba, y no podía cambiarlo, como tampoco podía hacer nada por cambiar su disfunción sexual. Desesperada, se tumbó en la cama y se puso a llorar.

A pesar de que era tarde, Valente quería llamar a su equipo legal para que se pusiese a trabajar cuanto antes en anular aquel matrimonio. Había dejado las emociones a un lado y había pensado sólo en los negocios. No obstante, la idea de compartir con alguien que su esposa lo había rechazado en la cama, lo llevó a no hacer nada. Se sirvió una copa en el salón y salió al pórtico.

«Pensé que contigo sería distinto», recordó que le había dicho Caroline. ¿Tan mal le había ido con Matthew también? Valente empezó a calmarse al pensar aquello y se dijo que la culpa sólo podía haber sido de Matthew Bailey. Paseó por la galería mientras Umberto encendía velas sobre las mesas de piedra y lo miraba con preocupación. Valente intentó hacer un resumen de todo lo que sabía de Caroline.

Cinco años antes, había sido una chica tímida, inocente y cohibida, aunque jamás se había sentido atemorizada cuando la había tocado. Ninguna de sus reacciones había sido anormal. ¿Era él lo que la repelía? ¿O era el sexo en general? ¿Por qué se había encerrado en el baño, asustada? ¿Había temido que Valente no aceptase un no por respuesta? Nada más reconocer su terror, todo lo demás tuvo sentido. Había tenido que emborracharse para ir a su hotel. Había estado triste todo el día de la boda por miedo a lo que ocurriría por la noche.

Sin duda había sabido que tenía un problema grave, y no lo había compartido con él porque había tenido miedo de que él la dejase, siendo la única persona capaz de resolver los problemas de su familia. A pesar de comprenderlo, Valente no podía perdonarla por haberlo engañado. Y todavía le debía algunas respuestas.

Cuando Valente entró en su habitación sin previo aviso, Caroline levantó lentamente la cabeza de la almohada. Nunca había estado tan pálida. Estaba despeinada, con la nariz roja y los ojos hinchados. No obstante, verla tan apenada tranquilizó a Valente, que decidió que estaba más atractiva que nunca. Koko, que había conseguido entrar en el dormitorio, estaba hecho un ovillo al lado de su dueña.

–¿Qué quieres? –le preguntó ésta, poniéndose tensa.

Valente tomó al gato y lo echó al pasillo, aunque antes el animal logró clavarle una uña en el dorso de la mano.

–Puede estar en cualquier sitio, menos en los dormitorios –le dijo Valente a Caroline.

–Si no tenías nada más que decirme, ¿no podías haber esperado a mañana? –le preguntó ella.

–No, no podía esperar. He tenido un día horrible, y la noche está siendo todavía peor. Quiero saber por qué no te gusta el sexo.

–No puedo hablar de algo tan íntimo contigo –le dijo ella consternada.

Valente se sentó en el borde de la cama, con los ojos brillantes y oscuros como el ébano.

–Bueno, la otra opción es que hables de ello con un extraño. Con un terapeuta sexual –le sugirió.

Ella abrió mucho los ojos, claramente horrorizada.

–Supongo que prefieres hablar conmigo, aunque tal vez necesitases también la terapia.

–No quiero hablar de ello con nadie –espetó Caroline.

–Mala suerte –le dijo él, apoyando la espalda en las almohadas.

–¿Qué estás haciendo? –inquirió ella, nerviosa por su presencia de nuevo en la cama.

–Me estoy poniendo cómodo. Quiero que me cuentes cómo fue tu anterior noche de bodas.

Caroline se puso tensa y el color de sus mejillas se volvió a evaporar.

Valente la miró fijamente, sabía que había escogido un momento en el que Caroline era muy vulnerable, pero le había parecido el único modo de averiguar la verdad.

–¿Tuviste relaciones con él antes de la boda?

Caroline negó con la cabeza, en silencio. De hecho, durante las semanas previas a la boda con Matthew, casi no había estado a solas con él.

–No parecía interesarle –confesó–. Aunque entonces no me di cuenta, se casó conmigo por la empresa y porque le prometieron que él estaría al frente. Yo fui muy tonta. Di por hecho que estaríamos bien en la intimidad. Ya estábamos casados cuando me di cuenta de que le gustaba otro tipo de mujer.

–¿Cómo lo averiguaste?

Caroline se quedó inmóvil y miró hacia el techo antes de responder.

–La noche de bodas se puso borracho... –bajó la voz todavía más–. Hizo muchas bromas acerca de la falta de curvas de mi cuerpo.

Valente se puso tenso al oír aquello, le parecía increíble.

–Continúa...

–Se enfadó conmigo cuando no respondí como él quería. Había bebido mucho y se puso violento, me hizo daño –murmuró, angustiada y avergonzada–. Después, perdió el interés. Lo intentó un par de veces más, y al ver que no funcionaba se enfadó todavía más. Me dijo que se había vuelto impotente por mi culpa y empezó a dormir en la habitación de al lado.

–¿Y entonces cuándo consumasteis el matrimonio? –quiso saber Valente, destrozado por la información que acababa de obtener.

Caroline tragó saliva.

–Nunca. Matthew tuvo una aventura con una mujer que era más de su estilo que yo. Le gustaba hablarme de ella...

Valente se dio cuenta de lo mucho que Caroline había sufrido, se acercó más a ella.

–¿Me estás diciendo que no llegaste a tener sexo con él?

Caroline se puso de lado, dándole la espalda.

–Después de los tres primeros meses, no volvió a acercarse a mí. Mantuvo las apariencias con sus padres porque vivíamos con ellos. Por suerte, en una casa muy grande. Aunque Matt solía actuar como si yo no estuviese.

Valente la hizo girarse para poder verle la cara.

–¿Todavía eres virgen? –le preguntó.

–¿Qué tiene que ver eso con todo lo demás? –inquirió ella, avergonzada y enfadada al mismo tiempo.

–Para mí es muy importante, *bellezza mia*. Significa que todavía tengo lo que había pensado que me habían robado –le confesó, relajándose de repente–. ¿Qué más te hizo? ¿Te golpeó alguna vez?

–Sólo una vez... cuando descubrió que había buscado tu nombre en Internet.

Valente se sintió consternado. Pasó de sentirse alagado porque Caroline lo hubiese buscado en Internet, a ponerse serio al pensar cuál había sido el precio que había pagado por su curiosidad.

–Ya es hora de que nos durmamos –murmuró.

–¿Juntos? –preguntó ella nerviosa.

–Sí. Dormir separados sólo nos dividirá todavía

más. Te prometo que no haré nada que tú no quieras. Y te aseguro también que no me enfadaré, que jamás seré violento y que nunca te haré daño –le prometió.

–¿No me obligarás a hacer nada que yo no quiera hacer? –insistió ella.

Valente apretó los dientes con fuerza y se alegró de que Matthew Bailey estuviese muerto y enterrado, ya que él odiaba a los hombres que abusaban de las mujeres.

–Por supuesto que no. Tendrás que aprender a confiar en mí.

–Va a costarme mucho –admitió ella, observando cómo entraba Valente en el vestidor, abría y cerraba puertas.

Salió de él con un puñado de prendas de seda de distintos colores.

–Te los he comprado como regalo de bodas. Quítate esa bata.

–¿De quién es? –le preguntó ella.

–De nadie importante.

Valente pensó que siempre le habían gustado los retos, y que nada de lo que había conseguido había sido sin esfuerzo. Por otra parte, Caroline había decidido casarse con el cretino de Matthew, y él no estaba dispuesto a esperar eternamente algo que tenía que haber sido suyo. Sabía que nunca se le había dado bien el celibato, así que la espera iba a ser todo un desafío.

Demasiado cansada para protestar, Caroline entró en el cuarto de baño. Allí se quitó la bata que había sospechado que pertenecía a la anterior amante de Valente y se puso un camisón antes de volver a la cama. Valente se estaba desnudando y ella apartó la mirada enseguida.

—No puedo hacerte más promesas, *piccola mia* —le dijo él—. Lo de esta noche lo ha cambiado todo entre nosotros.

—Sí —admitió ella, metiéndose entre las sábanas.

—No me gusta tomar decisiones precipitadas. Le voy a dar una oportunidad a nuestro matrimonio. Iremos poco a poco.

Las lágrimas empezaron a correr por el rostro de Caroline. Era una mercancía defectuosa, pero Valente iba a darle una oportunidad antes de mandarla de vuelta a Inglaterra. Una vez más, un hombre le estaba haciendo sentir que lo único que tenía que ofrecer era su cuerpo. Cerró los ojos con fuerza y deseó dormirse pronto, ya que prefería no pensar en el futuro.

Aunque no había nada que pensar. Valente terminaría divorciándose de ella. ¿Para qué iba a querer seguir casado con una mujer como ella? No había aportado ninguna dote al matrimonio y no podría darle un hijo. Se había repetido lo mismo que había ocurrido con Matthew, pero en esa ocasión ella tenía el corazón roto, y volvía a sentirse como una inútil.

Capítulo 8

CADA vez que Caroline disfrutaba de las vistas desde la terraza de Villa Barbieri, se preguntaba si habría ido a parar al paraíso por error.

Hacía un día precioso y le encantaba el silencio. Se tumbó a la sombra, boca abajo, con la parte de arriba del biquini desabrochado y con Koko dormida debajo de la tumbona. Si había una gata hecha para vivir en un palacio, ésa era Koko. Tal vez bufase a Valente, pero no había tardado en hacerse amiga del servicio, que hacía todo lo posible porque la gata se sintiese como en casa.

–Me tiene unos celos increíbles –había comentado Valente la semana anterior–. Le he robado su lugar.

Y era cierto, pensó Caroline sonriendo. A Koko se le había prohibido la entrada al dormitorio, mientras que Valente dormía con ella siempre que estaba en casa. Iba y venía de Venecia, donde no solía permanecer más de una noche seguida. A ella le dolía que no le hubiese pedido nunca que lo acompañase, pero cuando Valente estaba en Villa Barbieri, se despertaba entre sus brazos y cada vez se dormía más también entre ellos. Poco a poco, había ido aprendiendo a confiar en él. Cuatro semanas antes le había dicho que iría paso a paso, y ella ya estaba desando que avanzase más.

Desde el principio, Valente la había animado a tocarlo, a explorar su cuerpo, y ella pronto había descubierto que, cuanto mejor conocía su cuerpo delgado y masculino, menos nerviosa se ponía cuando lo tenía cerca. Ya no tenía miedo, ya que él le había demostrado que sabía controlarse. Suspiró y recordó cómo lo había despertado el día anterior, y cómo había gemido él con satisfacción mientras enredaba las manos en su pelo y la alentaba a continuar.

Caroline sabía que sus barreras físicas cada vez eran menos. ¿Por qué no? Si la maravillosa paciencia de Valente le había enseñado algo, era que seguía siendo el hombre al que había amado con veinte años. Al menos, ya no estaba obligada a satisfacer sexualmente a nadie. Con las mejillas coloradas, sonrió al recordar que había descubierto que podía darle placer. Y se lo había dado con gusto, maravillada con su propio cambio y con la confianza que tenía en sí misma.

Un helicóptero sobrevoló la casa mientras ella se decía que estaba convencida de que podría cumplir con las condiciones de su acuerdo matrimonial. Valente saldría vencedor allí donde Matthew había fracasado, algo normal dado que ella estaba enamorada de Valente y quería que el suyo fuese un matrimonio normal. Jamás había superado su pérdida, algo sorprendente dadas las circunstancias. Su horrible matrimonio con Matthew había hecho que se diese cuenta de lo que había perdido... Oyó pisadas en la terraza y levantó la cabeza.

—¡Pensé que no volverías hasta esta noche! —exclamó al ver a su marido.

Valente se sentó en la tumbona que había a su lado y se puso serio.

—He terminado antes porque mañana tienes que irte a Inglaterra para la operación de tu padre.

—Qué bien —dijo ella sonriendo.

Valente sintió un deseo incontrolable. Quiso tomarla en brazos y llevarla a la cama, pero sabía que no debía hacerlo. Se echó hacia delante y le abrochó el biquini.

—Las marcas blancas me parecen muy sexys, *tesora mia* le dijo.

Caroline se sentó, ruborizada. La atmósfera estaba cargada de tensión. Valente la recorrió con la mirada desde sus labios rosados y carnosos hasta los pequeños pechos enfundados en el biquini, que ella deseó que destapase. Se le quedó la boca seca al ver el deseo que sentía Valente por ella y notó un repentino calor entre los muslos. Los pezones se le irguieron tanto que casi le dolieron. Se notó mareada, y orgullosa de tener ese efecto en su marido. No obstante, vivía siempre con miedo a que la frustración hiciese que Valente terminase en los brazos de otra mujer.

—Necesito una ducha fría o... —empezó él.

—¿O? —susurró Caroline.

–Te llevaría a la cama, te desnudaría y jugaría contigo –susurró con la voz cargada de deseo.

Aquella proposición tan primitiva la sorprendió, porque todavía era de día y durante esas horas solían ser bastante comedidos. Sacó la punta de la lengua para humedecerse los labios, porque se sentía tentada y porque le daba miedo que las cosas se le escapasen de las manos.

–¿No querrás...?

–¿Acaso no te he demostrado ya que soy capaz de controlarme?

Sabiendo que no recibía ninguna atención cuando Valente estaba cerca, Koko maulló desde los pies de la escalera al verlos desaparecer.

–Ese gato es muy mal perdedor, *bellezza mia* –comentó Valente.

–Me la traigo para que me haga compañía cuando tú no estás –admitió Caroline–. Supongo que la tengo demasiado mimada.

–Siempre te gustaron los gatos. Recuerdo que te compré unos gatos de cristal en un viaje que hice a Venecia.

–Y todavía los tengo. Están en las cajas que he hecho enviar a tu casa.

Una vez dentro del dormitorio, Valente la agarró por las mejillas y le dio un beso lento y profundo, hasta que ella respondió y se apoyó en él, aferrándose a su cuello para mantener el equilibrio. Valente la levantó en volandas para llevarla a la cama. Seguía pesando poco más que un niño, pero al menos estaba comiendo más. Su cara estaba más redonda, lo mismo que sus esbeltas piernas. Desde la cama, ella le dio al botón que hacía que se cerrasen las cortinas.

—Aguafiestas —le dijo él, bromeando, a pesar de que el sol todavía brillaba tanto que atravesaba las cortinas e iluminaba la habitación.

Caroline se metió en la cama todavía con el biquini. Sabía que a Valente le gustaba desnudarla y a pesar de que todavía no era capaz de ponerse los fantásticos conjuntos de lencería que tenía en el vestidor, intentaba compensarlo como podía. El corazón le latía tan deprisa como si hubiese estado corriendo. Se tumbó en las frías sábanas y observó cómo Valente se quitaba el traje. Como siempre, se le cortó la respiración al verlo. Tenía el torso ancho y bronceado y los muslos fuertes, era muy masculino y extremadamente sexy. Caroline sintió un escalofrío y se dio cuenta de que lo que sentía por él era deseo.

Valente se tumbó a su lado. Ella se acercó a su calor y entreabrió los labios para que la besase. Sonrió al notar que sus labios la besaban con más pasión de la habitual. La había echado de menos la noche anterior, estaba convencida de ello, y le encantaba la idea.

Valente le desató el biquini con facilidad. De repente, ya no tenía nada que la tapase y Caroline se quedó inmóvil un segundo, incapaz de olvidar los desprecios de Matthew. No obstante, Valente ya la había visto medio desnuda muchas veces y ella estaba empezando a pensar que era una tontería meterse en el cuarto de baño cada vez que quería cambiarse de ropa. Así que Valente no se llevaría una sorpresa, ni se sentiría decepcionado con su cuerpo, se dijo a sí misma enseguida.

Valente apartó la sábana y ella levantó las manos para taparse los pechos. Él no intentó detenerla, pero la miró fijamente y suspiró.

—Por favor, deja que te vea...

Caroline se sintió como una tonta. Bajó las manos despacio y Valente fijó su atención en la perfección de aquellos pequeños y pálidos pechos.

—Eres preciosa y ni siquiera lo sabes porque tu primer marido era un bruto, *gattina mia*.

Ella respiró hondo.

—Tal vez él no supiese apreciarte —continuó Valente—, pero yo, sí. Y mucho.

Trazó el círculo de su pezón rosado con el dedo índice y ella cerró los ojos y tembló.

—¿Es eso un sí o un no? —le preguntó él.

—Sí —balbució ella, presa del deseo y del calor que sentía entre las piernas.

Valente rodeó uno de sus pechos con la mano y ella tembló. La acarició con cuidado. Eran unos pechos muy delicados, que Caroline se había esforzado mucho en ocultarle, girándose o tapándose siempre que notaba que Valente la miraba. Y él estaba tan excitado como un adolescente que estuviese disfrutando del cuerpo de una mujer por primera vez. Inclinó la cabeza y recorrió su piel suave y sedosa con la boca, entreteniéndose en los pezones con la precisión de un entendido.

Ella abrió la boca para respirar. Era evidente que le gustaba lo que Valente le estaba haciendo. Tenía el corazón acelerado y pronto fue imposible evitar que sus caderas se movieran. Caroline era consciente de todo su cuerpo, y del calor y la humedad que tenía entre los muslos. Se arqueó contra él, con el deseo insoportable de sentir más y dejó escapar varios gritos sin querer. Cuando Valente puso la mano en la parte más sensible de su cuerpo, se quedó quieta, pero, por una vez, él continuó. La acarició a través de la barrera de la braguita del biquini y ella se sacudió sorprendida antes de empezar a retorcerse de placer.

Valente levantó la cabeza para mirarla y le dijo con toda sinceridad qué era lo siguiente que quería hacerle. Caroline se sonrojó todavía más, apartó la vista de la de él y la sorpresa y un deseo prohibido la dividieron en dos. ¿De verdad quería...? Pensó en los momentos íntimos que ya había compartido con él y, de repente, lo ayudó a terminar de quitarse el biquini.

–Cierra los ojos, relájate y disfruta –le dijo Valente, separándole los delgados muslos.

Caroline estaba temblando como un flan y él deseó que diese un paso más y confiase en él. Bajó hasta su ombligo y hundió la lengua, y ella rió. Valente le puso la mano en la espalda y la observó, abierta y desnuda ante él.

A ella le sorprendió estar llegando tan lejos, su cuerpo excitado tembló de deseo.

–Deja de pensar y cierra los ojos –le ordenó Valente, planteándose seriamente el reto de darle más placer del que hubiese podido soñar.

Ella notó que tenía los pezones erguidos, pero la humedad y el calor que había entre sus piernas era un tormento. Valente la acarició con cuidado y, por primera vez en su vida, Caroline deseó que lo hiciese con más fuerza. Pero Valente jugó, la apretó y probó con la lengua la parte más íntima de su cuerpo hasta que ella se sintió consumida de placer. Se oyó gemir y gritar y no pudo evitarlo. Había perdido el control, había perdido la cabeza y se estaba dejando llevar por un ansia cada vez mayor. Y de repente alcanzó el clímax y ella gritó con fuerza. Después de varias olas de húmedo placer, se quedó tumbada, sin fuerzas, en la cama. Impresionada por lo que le acababa de ocurrir.

–No sabía... Jamás pensé que sería así –susurró, medio mareada.

–No conoces tu cuerpo, *bellezza mia* –le dijo Valente riendo y abrazándola–. Está lleno de maravillosas posibilidades, y yo disfrutaré mucho enseñándotelas todas.

Valente la abrazó más y ella notó su erección.

–Vaya... Creo que he sido muy egoísta –murmuró.

–Lo importante eras tú. Yo me daré una ducha fría. Ya estrenaremos la cama de Venecia esta noche.

–¿Yo también voy a ir a Venecia? –preguntó ella–. ¿Esta noche?

–Sí, tengo demasiado trabajo y debó quedarme

allí, ¿por qué no vienes conmigo? Puedes volar a Inglaterra desde allí por la mañana.

–Estupenda idea –dijo Caroline sonriendo, aliviada al ver que Valente no quería separarse de ella.

–Eso me ha parecido a mí también. Te va a encantar Venecia.

Ella levantó la barbilla.

–¿Cuándo vas a hablarme de tu pasado? Todavía no me has contado cómo pasaste de vivir de alquiler en un pequeño apartamento a vivir como un príncipe –le recordó Caroline.

Valente frunció el ceño.

–No es una historia bonita –le advirtió–. Mi madre era criada en una de las casas del conde Ettore Barbieri. Mi padre, Salvatore, era el hijo mayor del conde. Era un borracho y un vago. Cuando mi madre tenía diecisiete años, Salvatore la violó. Yo soy el resultado...

Caroline la miró horrorizada.

Él decidió continuar con su historia.

–El ama de llaves no quiso creer a mi madre, que fue despedida y fue a trabajar con otra familia a Florencia, pero cuando se dieron cuenta de que estaba embarazada, la echaron también. Tampoco creyeron su historia. Mi madre se pasó toda su juventud, y mi niñez, limpiando en Venecia para ganarse la vida. No me contó lo que había ocurrido hasta que no tuve dieciocho años y enfermó de cáncer.

A Caroline se le encogió el corazón al oír aquello, y lo agarró del brazo con fuerza para decirle en tono cariñoso:

–Valente, lo siento mucho. Debiste de quedarte destrozado.

–Fui a esperar a mi padre a uno de los clubs de los que era cliente, pero él dijo que mi madre era una fulana y sus amigos me dieron una paliza. Salvatore amenazó con denunciar a mi madre si ésta seguía contando mentiras acerca de su persona. Mi madre se estaba muriendo, pero la suya era una familia muy respetada y cuando se extendieron los rumores acerca de la acusación de mi madre, yo recibí varias palizas. Un par de años después Salvatore murió en un accidente de tráfico y el conde, mi abuelo, me pidió que, con toda discreción, me hiciese una prueba de ADN. Quería asegurarse de que no era un Barbieri.

–¡Supongo que odiabas a la familia de tu padre! –exclamó Caroline.

–El viejo me daba pena. Cuando se demostró que era mi abuelo, me ofreció dinero para tenerme callado, pero le dije que no lo quería. Eso hizo que me respetase. Me negué a ser una sanguijuela, como el resto de su familia. Por entonces estaba estudiando para ir sacándome poco a poco la carrera de Empresariales y el conde me prometió que me daría mi primer trabajo cuando terminase, pero yo era muy independiente y tenía mis propios planes.

–Conociéndote, estoy segura de ello.

Caroline sabía que Valente era un hombre orgulloso y fuerte. Se acurrucó contra él, ofreciéndole su apoyo de esta manera.

–Gané mi primer millón yo solo. Soy un tiburón

de los negocios, se me da bien encontrar oportunidades –murmuró Valente.

Caroline se sentía feliz, aliviada y satisfecha por cómo estaba avanzando su relación desde el punto de vista sexual. Estaba convencida de que pronto conseguiría superar la última barrera y consumar su matrimonio, y sintió amor y gratitud por él.

–También eres muy bueno en la cama –susurró en tono de broma, abrazándolo y besándolo–. ¡Te quiero tanto, Valente Lorenzatto!

Él se puso tenso de repente. La declaración de amor le había salido de forma tan natural que Caroline tardó un par de segundos en darse cuenta de que para él había tenido otro efecto. El silencio que siguió la puso nerviosa. Levantó la cabeza despacio para mirarlo.

–No espero que tú sientas lo mismo por mí –le dijo, incómoda.

–No tengo intención de sentirlo –replicó él en tono irónico, incorporándose para poner distancia entre ambos y mirándola con dureza–. Jamás volveré a sentir eso por ti.

Sorprendida por semejante rechazo, Caroline murmuró:

–No tenía que haberte dicho nada. Me he acostumbrado a no medir mis palabras contigo, pero tienes razón. Es demasiado pronto para decirte esas cosas.

–Nunca será buen momento. Necesito darme una ducha.

Su gesto era duro y frío. Valente salió de la cama

y se fue a la habitación de al lado, para utilizar su propio cuarto de baño.

«Jamás volveré a sentir eso por ti». Caroline se preguntó por qué no había mantenido la boca cerrada. ¿Cómo podía haber sido tan tonta? Valente todavía no la había perdonado por todo lo ocurrido en el pasado y, al parecer, no tenía pensado hacerlo. Caroline se sintió herida y rechazada.

Se metió también a la ducha y allí empezó a calmársele el dolor y a encendérsele la ira. Valente estaba lleno de contradicciones y era demasiado volátil. Durante casi un mes, había actuado como si estuviesen de luna de miel y, de repente, le había dado la espalda. Había actuado con ella como un amante considerado. En la cama, había sido tierno y paciente, no había insistido, siempre le había dejado su espacio. ¿Cómo no iba a decirle que lo quería después de haberse portado tan bien con ella? Caroline pensó que tenía derecho a saber exactamente qué pensaba. Se puso un vestido verde de tirantes y bajó las escaleras.

Koko todavía la estaba esperando en el recibidor y la siguió al verla pasar. Valente estaba viendo las noticias en su despacho. Apagó el sonido y la miró muy serio.

—No estoy de humor para escenas, Caroline.

—Tal y como me dijiste tú una vez —le dijo ella en tono dulce–: ¡Mala suerte! Quiero saber cuál es mi posición en todo esto.

—Firmaste un acuerdo prenupcial en el que lo dejaba todo bien claro —le recordó Valente.

–Pensé que habíamos avanzado un poco desde entonces –admitió ella, sintiendo que le había dado un duro golpe al recordarle que aquél no tenía nada que ver con un matrimonio normal.

¿Qué te ha hecho pensar eso? Nada ha cambiado, salvo que hemos empezado a disfrutar juntos en la cama. Todo es tal y como debe ser –le contestó él con los ojos brillantes y fríos–. Sabes muy bien que cuando firmamos nuestro pacto lo hicimos sin sentimientos de por medio, así que hablar de amor es ridículo. Yo he mantenido mi parte del trato, y ahora espero que tú cumplas con la tuya.

Caroline recordó que lo único que quería Valente de ella era su cuerpo, y que le diese un hijo.

–No hay ningún problema, pero recuerda que recogerás lo que coseches –respondió ella con la espalda muy recta y los ojos secos.

–¿Qué quieres decir con eso? –preguntó él arqueando una ceja.

–Que lo superaré. Por supuesto que sí, porque ya no veo en ti al hombre al que amaba, y porque no soy masoquista –le explicó ella, con orgullo y con la cabeza bien alta, a pesar de notar que le estaba empezando a doler la cabeza–. Pero piénsatelo bien antes de pedirme que tenga un hijo contigo. ¿Crees que un niño se merece crecer en el ambiente amargo y corrosivo de un mal matrimonio?

Capítulo 9

LA CAMA matrimonial situada en el grandioso *palazzo* Barbieri no fue estrenada aquella noche. De hecho, Valente y Caroline durmieron bajo el mismo techo, pero en dormitorios separados, por primera vez desde que estaban casados.

Cuando el jet aterrizó, la migraña de Caroline se había instalado en su cabeza con ganas de venganza. La medicación no había conseguido aplacarle el dolor y había tenido náuseas y se había sentido fatal durante el vuelo. Valente tampoco había conseguido hacer que se sintiese mejor a pesar de sus esfuerzos. Al fin y al cabo, no la amaba, y Caroline lo odiaba en esos momentos.

No lo había perdonado ni siquiera un poco durante el viaje. El ama de llaves, Maria, la había ayudado a meterse en la cama al llegar al enorme edificio situado en el Gran Canal y el hecho de haber tenido que llegar a él cruzando el agua sólo la había hecho sentirse todavía peor. Caroline se había quedado allí tumbada, ciega de dolor, hasta que un médico que hablaba en voz muy baja había llegado en compañía del discreto Valente. El médico le había puesto una inyección que la había hecho dormir y lo último que recordaba era el reconfortante calor del cuerpo de Koko hecho un ovillo a su lado, y el pensamiento de que el animal por fin había conseguido colarse en su habitación.

A la mañana siguiente, Caroline volvía a estar bien. Maria le informó de que Valente llevaba desde las siete trabajando en su despacho, que estaba en el piso inferior, y ella desayunó sola en un gran balcón de piedra que daba al canal más famoso del mundo.

Aquella vista tan magnífica, emocionante e inolvidable, le robó el corazón esa mañana.

Poco después apareció Valente, con Maria pisándole los talones para servirle un café, y Caroline respiró hondo. Como siempre, estaba muy guapo, impecable con un traje gris hecho a medida que le sentaba a la perfección.

Con una taza de café en la mano, se apoyó en la barandilla de piedra, la miró fijamente y le preguntó:

—¿Te encuentras mejor?

—He vuelto a la normalidad, gracias a Dios —respondió ella, sin poder evitar recordar el placer que le había dado la tarde anterior.

Volvió a sentir calor entre los muslos y cambió de postura en la silla al notar que se le enrojecía la cara.

—Si quieres, puedo acompañarte a Inglaterra, *gattina mia* —le informó Valente.

Ella fijó la vista en la increíble vajilla que había sobre la mesa de mármol. ¿Se estaba compadeciendo de ella o quería que su ego se regodease ahora que sabía que lo adoraba? Caroline apretó los dientes. Seguía sin poder creer que hubiese sido tan tonta como para decirle que lo quería.

—Voy a estar tan ocupada con mis padres que sería una pérdida de tiempo —le contestó.

Una secretaria morena y atractiva apareció con un teléfono en la mano. Valente se disculpó y respondió a la llamada, habló en italiano con demasiada rapidez para que Caroline lo entendiese y después dejó el teléfono en la mesa.

—¿Te gustan las vistas? —le preguntó bromeando.

Era evidente que le daba igual que su presencia no fuese necesaria en Inglaterra.

—Sí. Ahora entiendo por qué una vez me dijiste que nunca podrías vivir en otro lugar que no fuese Venecia. Todo esto... es inigualable.

Lo mismo que ella, que también era inigualable, admitió Valente a regañadientes, observando cómo el sol hacía brillar su pelo largo y realzaba su perfecta piel, sus ojos brillantes y sus suaves labios. Le pareció surrealista, tenerla allí, en su casa. No obstante, era un hombre muy práctico y estaba seguro de que en alguna parte, era posible que incluso en su querida ciudad, tenía que haber una mujer igual de bella y que lo atrajese tanto como Caroline. Tal vez aquella mujer imaginaria fuese incluso menos compleja que la que se había convertido en su esposa, y mucho más divertida. Pensó que ninguna mujer era irremplazable ni irresistible. Y que nunca había necesitado a una mujer para sentirse tranquilo. No necesitaba a Caroline. Por mucho que ella intentase enredarlo con promesas de amor, fracasaría, porque él jamás permitiría que ninguna mujer volviese a tener tanto poder sobre él.

Aun así, a pesar de sus reflexiones, no pudo evitar admirar a su esposa, su manera de mover las pestañas y el brillo de sus ojos grises. Se lamentó de que tuviese que marcharse, justo cuando más deseaba tenerla en su cama. Aunque, por otra parte, no le vendría mal estar un par de días solo para que le bajase un poco el calentón.

El cuerpo de Caroline estaba reaccionando por voluntad propia bajo la fija mirada de Valente. Se le habían endurecido los pezones, que le rozaban contra el sujetador de encaje, y se le había acelerado el corazón. A pesar de seguir enfadada con él, no podía controlar aquella confusión que tenía por dentro ni dejar de mirarlo ella también.

Valente tomó una decisión. ¡Ya tendría tiempo de enfriarse mientras Caroline estuviese en Inglaterra con su familia! Era su esposa. No tenía por qué controlarse en esos momentos. ¿A quién estaba intentando impresionar? Tomó el teléfono para anular todas sus citas y no le importó que su secretaria se mostrase sorprendida. Si había una buena excusa para romper las normas, ésa era Caroline, allí sentada, con sus enormes ojos grises clavados en él, con una delicada camiseta de seda cubriendo sus curvas y una minifalda de flores que dejaba al descubierto sus esbeltas piernas.

Alargó la mano hacia ella y le dijo:

–Ven aquí...

Y su carisma resultó ser más fuerte que el anta-
gonismo o la cautela de ella. Temblando de tensión,
Caroline le dio la mano y él hizo que se acercase.
Ella hundió la cara en su cuello y aspiró aquel olor
que ya le era familiar antes de acompañarlo al interior del *palazzo*. Atravesaron el impresionante salón, con las impresionantes lámparas de araña de
cristal de Murano y subieron las escaleras que lle-
vaban a la habitación principal, en la que había unos
maravillosos frescos de juguetones dioses y diosas.

–Quítate la chaqueta –le pidió Caroline, deteniéndose en el centro de la habitación.

Él sonrió divertido y obedeció. Caroline le des-
hizo la corbata y empezó a desabrocharle la camisa.
A pesar de estar decidida a hacerlo bien, le tembla-
ban un poco las manos y él se quitó la camisa en el
mismo momento en que inclinaba la arrogante cabeza para besarla. Ella sintió que una ola de calor
invadía todo su cuerpo.

Valente gimió y se apartó de ella. Tenía los ojos
muy brillantes.

–Lo siento. Supongo que te estoy asustando, *gattina mia*. Estoy demasiado excitado para ser dulce.
Tal vez no sea buena idea.

Caroline estiró los hombros antes de continuar,
alentada por una nueva confianza que corría por sus
venas como la adrenalina. Quería ser como cualquier otra mujer. No quería que Valente se contu-
viese ni que la tratase con cuidado, como si fuese
un jarrón que pudiese romperse. No quería que la

protegiese de su pasión. Él le había enseñado que no todos los gatos eran negros en la oscuridad. Ya sabía que no iba a hacerle daño, como había hecho Matthew en el pasado.

–Ya no me da miedo –le susurró–. Me ha gustado ese beso. Me gusta sentir que estás excitado...

Él la miró con tal intensidad que hizo que se ruborizase y volvió a agarrarla con impaciencia para acercarla a él y besarla de nuevo mientras retrocedía hacia la cama.

–Contigo siempre estoy excitado –admitió con voz ronca–, pero sigues siendo virgen. No puedo prometerte que esto no vaya a dolerte un poco. No lo sé. Eres mi primera virgen.

Caroline quería ser la primera y la última, pero el deseo y la necesidad de experimentar algo que para otras mujeres era natural tuvieron más peso en ella que las emociones que tanto le habían dolido y humillado el día anterior. Su cuerpo estaba que echaba chispas después del beso que le acababa de dar.

–Te deseo –le dijo–. Y no quiero esperar más.

Valente no necesitó que se lo repitiera dos veces. Mientras la besaba, le quitó la camiseta y admiró sus pechos. Estaba loco de deseo por ella. La tumbó y le chupó los pezones a través del delicado encaje, pasando de uno a otro mientras la oía gemir y notaba cómo se retorcía de placer. Luego le levantó la falda, le separó los muslos, metió la mano por debajo de las braguitas y se sintió satisfecho al ver que estaba preparada.

–Siempre he soñado con tenerte vestida con la

lencería más cara del mundo –le confesó mientras desabrochaba el sujetador–, pero ahora que te tengo aquí, lo único que quiero hacer es quitártela.

La desnudó con ansia y a ella no le importó porque también la estaba besando con pasión, haciendo que todo su cuerpo se estremeciese. Valente se centró en sus pechos, chupándolos hasta que Caroline pensó que no podría soportarlo más y le pidió que la acariciase. Él bajó la mano hasta el lugar más íntimo de su cuerpo y la acarició, y ella disfrutó de aquel exquisito tormento.

Cuando Valente se puso encima de ella estaba ya tan excitada que todas las células de su cuerpo le pedían dar un paso más. Él le colocó una almohada debajo de las caderas y le dijo:

–Eres muy pequeña, y yo estoy muy excitado.

Caroline estaba más que preparada para recibirlo. El instinto le hizo arquear la espalda y Valente la penetró de un solo empellón, haciéndola sentir un pequeño dolor que hizo que se pusiese tensa y se mordiese el labio, pero ni siquiera eso hizo que dejase de sentir aquel maravilloso placer de tenerlo dentro, ni hizo que dejase de apretar los músculos internos a su alrededor al tiempo que observaba cómo él entrecerraba los ojos de placer.

–¿Estás bien? –quiso saber Valente.

–Mejor que bien –respondió ella, temblorosa–. Me gusta.

–Eso espero –le dijo Valente sonriéndole de manera muy sensual–. Tengo la esperanza de convencerte para que podamos repetirlo muchas veces.

A ella le sorprendió sentir tanto placer cuando Valente empezó a moverse en su interior. Se dejó llevar por él y gritó al llegar a un orgasmo espectacular.

–Quiero meterte en mi maleta y llevarte conmigo a Inglaterra –le confesó, todavía aturdida.

Valente se echó a reír y le dio un beso en la frente.

–Espero que eso haya sido un cumplido, porque para mí también ha sido increíble, *bellezza mia*.

Caroline deseó con todo su ser abrazarlo y besarlo y expresar sus emociones, pero se contuvo porque no quería volver a sentirse avergonzada. ¡Ni quería hacer crecer todavía más su ego!

–Has estado maravilloso, aunque supongo que era de esperar, teniendo en cuenta toda la experiencia que tienes –le respondió ella–. Al menos, ya no volveré a tenerle miedo al sexo, y podremos disfrutar de él todo lo que quieras. Al fin y al cabo, va a ser la única cosa que tengamos en común

Valente no supo cómo tomarse aquello, pero no le gustó el tono de voz de Caroline.

–Estamos casados –le recordó muy serio.

–Sexualmente hablando –añadió ella–. ¿Cuánto crees que tardarás en aburrirte de mí?

Valente se sentó y la fulminó con la mirada.

–No voy a aburrirme nunca de ti. ¡Eres mi mujer!

–¿Significa eso que vas a ser el único amante que tenga en toda la vida? –le preguntó Caroline, como si estuviese decepcionada.

–¡Por supuesto que sí! –replicó él, apartando las sábanas con brusquedad para levantarse–. ¿Puede saberse qué te pasa?

–Has sido tú el que ha dicho que en este matrimonio no hay lugar para los sentimientos.

–Pero no es lo mismo la franqueza que el mal gusto –le dijo él en tono frío.

–¿Y sería de mal gusto que yo te preguntase de quién era la bata de seda turquesa que había en la Toscana?

Él se puso tenso.

–Sí, e inapropiado.

–Pues a mí me pareció de mal gusto que nadie quitase esa prenda del cuarto de baño antes de que yo llegase.

–Tienes razón –admitió Valente–. Ahora, ¿podemos cambiar de tema?

Caroline salió de la cama.

–Tengo que hacer la maleta.

–De eso puede ocuparse la doncella. Necesito que tú sigas ocupándote de mí –murmuró él con voz ronca.

Caroline, consciente del malestar que había en su interior, pensó que no sería buena idea volver a hacer el amor con él, así que sonrió y desapareció en el cuarto de baño pensando que Valente era muy buen amante, así que no era de sorprender que hubiese tenido otras amantes en su vida. Fuese razonable o no, Caroline no pudo evitar desear que no las hubiese tenido. Y esperó que, al contrario que Matthew, no tuviese la necesidad de disfrutar de varias para satisfacer a su ego. En cualquier caso, sabía que no podía darlo por hecho.

Durante el resto del día, instaló su taller de trabajo en una habitación situada en la parte de atrás de la casa. Colocó el material y miró su correo electrónico por vez primera en varias semanas. Puso los pequeños gatos de cristal que coleccionaba en la ventana y empezó a darle vueltas a una nueva línea de joyas realizadas con cristal de Murano. Durante un par de horas, preparó los pedidos que estaban pendientes en la página web y organizó su envío. Le dolió salir del taller sin haber trabajado más, ya que le encantaba diseñar joyas nuevas, pero tenía que cambiarse para ir al aeropuerto.

Poco antes de que se marchase, Valente fue a buscarla a su taller. Sonrió al ver que había puesto los gatos en la ventana. La mayoría se los había regalado él. Luego se entretuvo estudiando sus joyas, que le sorprendieron por su diseño y su cuidada fabricación. Con el ceño fruncido, apagó el teléfono móvil cuando éste empezó a sonar de manera insistente.

—Siempre estás muy ocupado —murmuró Caroline, tensa al saber que tenía que separarse de él, pero pensando que Valente se pondría a trabajar y casi no la echaría de menos.

—Me he tomado casi un mes libre para estar contigo en la Toscana —le recordó él, acariciándole las mejillas—. Durante ese tiempo he delegado mucho y se han cometido errores. Ahora tengo que recuperar el tiempo perdido, *bellezza mia*.

Caroline cerró los ojos cuando la besó. No pudo evitar sentir calor por todo el cuerpo y contuvo la respiración cuando Valente le metió la lengua en la boca.

–Ya vale –dijo éste de repente, saliendo de la habitación y haciéndola ir hacia la magnífica escalera que conducía a las oficinas que había en la planta baja.

Temblorosa después del apasionado beso, Caroline bajó las escaleras despacio, sin separarse de él. A los pies de la escalera había una mujer, una espectacular pelirroja con un vestido blanco.

Valente se puso tenso y se giró hacia Caroline para decirle algo, pero antes de que le diese tiempo la otra mujer se interpuso entre ambos y le dio dos besos en las mejillas. Luego le habló en italiano antes de mirar hacia Caroline con cierto desprecio.

–Soy Agnese Brunetti, una vieja amiga de Valente. ¡Dios mío! Eres minúscula. ¿Hablas italiano?

–Me temo que no.

–Valente y yo siempre hablamos en veneciano, por supuesto. Es el dialecto local –continuó Agnese, sonriendo a Valente–. Somos miembros de un club muy exclusivo. Cada año somos menos los que podemos conversar en esta lengua tan antigua.

Caroline se quedó de piedra mientras observaba a la escultural pelirroja. Matthew la había traicionado en demasiadas ocasiones como para no sospechar de aquella belleza y supo al instante que aquélla era la dueña de la bata de seda que había en la Toscana. La tal Agnese siguió charlando en una mezcla de veneciano e inglés con Valente, tocándolo en el brazo en una ocasión, y en la solapa en la segunda, dejando clara la confianza física que tenía con él. Caroline se dio cuenta y cambió de expresión.

–Lo siento, pero Caroline tiene que tomar un vuelo –dijo Valente en tono frío, haciendo un gesto a uno de sus empleados para que acompañase a Agnese a su despacho–. No tardaré.

Luego acompañó a Caroline a la lancha a motor que la estaba esperando y comentó con naturalidad:

–Conozco a Agnese desde hace mucho tiempo.

Y ella pensó que la pelirroja era su amante, lo que no sabía era si pasada o presente. De camino al aeropuerto, se atormentó comparándose con ella. La voluptuosa pelirroja le había hecho recordar los gustos de Matthew y le había hecho sentirse inadecuada. De repente, se sintió aliviada por ir de camino a Inglaterra. Allí estaría alejada de la presión de su matrimonio y podría concentrarse en la salud de su padre y en las preocupaciones de su madre al respecto.

Joe e Isabel Hayes todavía estaban alojados en un hotel y Winterwood seguía en obras, aunque la reforma avanzaba a pasos agigantados.

Después de pasar por la casa para ver los impresionantes cambios que estaban teniendo lugar en ella, Caroline tomó una habitación en el mismo hotel en el que estaban sus padres y los acompañó al hospital para que ingresase su padre. A Isabel le preocupaba mucho que su marido pudiese morir en la mesa de operaciones y necesitaba apoyarse en su hija para mantener la calma.

Joe estuvo en el quirófano tres horas, pero la operación fue un éxito. Y, después de un par de días, Caroline vio cómo iba recuperando las fuerzas. Valente ya le había enviado a Isabel un par de folletos de lujosas clínicas de recuperación, para que escogiese a cuál quería ir con su marido cuando a éste le diesen el alta del hospital. Después de aquello, Caroline empezó a sentir que ya no hacía nada allí.

Valente la llamaba por teléfono todos los días. Ella quería preguntarle por Agnese, pero no quería parecer una mujer posesiva y pegajosa, que sospechaba de todas las mujeres que se acercaban a su marido.

Y, no obstante, tenía que reconocer que lo era. Era todo un reto pensar que, en un matrimonio sin amor, Valente se conformaría sólo con una mujer.

Después de dos semanas separados, Valente voló a Inglaterra a visitar a sus padres. Cuando llegó a la clínica, lo hizo con dos de sus asistentes, ya que tenía que realizar un par de llamadas de trabajo. Joe lo estaba interrogando acerca del futuro de Hales Transport cuando llegó Caroline y lo vio allí. Le sorprendió lo cómodos que parecían sus padres con él, teniendo en cuenta que cinco años antes lo habían tratado como al enemigo público número uno. Pero su generosidad con ellos había hecho que lo considerasen un miembro más de la familia.

–Entonces, ¿qué tienes pensado hacer con nuestro competidor, Bomark Logistics? –le estaba preguntando su padre cuando llegó Caroline.

–Creo que en el mercado hay lugar para ambas empresas –respondió Valente con cautela, levantando la vista al ver a Caroline en el umbral de la puerta.

Llevaba el pelo rubio recogido de la bonita cara e iba ataviada con un vestido color lavanda y una chaqueta de suave cachemir. Tenía el atractivo fresco y natural de una flor silvestre, y seguía haciendo que se le cortase la respiración. La vista le provocó una erección instantánea que hizo que se pusiese tenso e hiciese un esfuerzo mental para recuperarse de la reacción que tenía en él después de trece días sin verla. Era increíblemente guapa, pero lo mismo que otras miles de mujeres, se reprendió a sí mismo. No obstante, no podía evitar sentirse satisfecho al pensar que era su mujer, y sólo suya. Caroline le había fallado una vez, y jamás le daría la oportunidad de volver a hacerlo. Con defectos o no, estaba dispuesto a admitir que era la adquisición de la que más orgulloso estaba.

Caroline se despidió de sus padres antes de volver a Italia con Valente. Mientras hablaba con ellos miró de reojo a su marido, ya que había echado de menos su carismática e inquietante presencia más de lo que le hubiese gustado admitir. Era demasiado guapo y le excitaba demasiado como para estar tranquila. Se había pasado las noches en vela, preguntándose si él también la echaría de menos, si le dolería su separación tanto como a ella. Le había dado miedo que la espectacular Agnese y otras depredadoras de su estilo rondasen a Valente, todas dispuestas a consolarlo sexualmente. Y se había temido que él se hubiese visto tentado. Él la miró de reojo y Caroline se sintió casi enferma de deseo, se le secó la boca y se le aceleró el corazón.

–Es increíble que mis padres piensen que eres tan maravilloso –admitió Caroline, sacudiendo la cabeza de camino a la salida.

–Tenía que haber estado contigo cuando operaron a tu padre –le dijo él con arrepentimiento–. Eso no ha estado bien.

–Mis padres saben que estás muy ocupado, y has sido muy generoso, a pesar de lo que ocurrió –le contestó ella, agradecida.

–No obstante, nunca hay que anteponer el trabajo a la familia. Ettore me lo dijo en una ocasión, y debí haberle hecho caso. Estuvo tan ocupado haciendo dinero para poder vivir como sus antepasados que sus hijos eran como extraños para él. Les dio dinero y poco más, y ellos, cómo no, se aprovecharon. Cuando yo lo conocí sus descendientes parecían buitres a su alrededor. Todos habían abusado de él –le contó Valente haciendo una mueca–. Por eso accedí a intentar gestionar mejor la fortuna de los Barbieri.

–Tu abuelo te importaba y eso me alegra –le dijo Caroline en tono cariñoso.

–Era un hombre honesto, y había sido un buen hombre de negocios por derecho propio, pero cuando yo lo conocí se estaba quedando ciego y dependía demasiado de su familia. Necesitaba mi ayuda porque sabía que ya no podía confiar en ellos.

–No parecías tener mucha relación con tus primos que vinieron a la boda –comentó Caroline.

–Y no la tengo. He gestionado la fortuna de mi

abuelo, y él cambió su testamento y me dejó su imperio inmobiliario a mí. Puedes imaginar que no les soy demasiado simpático.

—Tú también tenías derechos, eras hijo del hijo mayor de tu abuelo —argumentó ella.

—El título de conde, por supuesto, fue para mi primo, nacido dentro del matrimonio, no como yo, pero no recibió las casas ni el dinero —le contó Valente—. Ettore no confiaba en él ni en sus hermanas para que gastasen el dinero necesario para restaurar las propiedades, y yo debo admitir que yo he gastado más del que tenía pensado.

—¿Y cómo viven ahora tus parientes?

—A algunos les he dado trabajo y a otros los ayudo con una asignación económica. No tenemos mucho trato. Para ellos, siempre seré un chico de la calle que avergonzó a su familia haciendo público el crimen que había cometido mi padre. Sólo Ettore pudo aceptarme tal y como soy.

Cuando salieron a la calle y avanzaron hacia la limusina, los asistentes de Valente se estaban intercambiando unas carpetas. Un soplo de aire abrió una de ellas y una hoja de papel fue a parar a los pies de Caroline. Ella se detuvo a recogerla y vio impreso el logotipo y el nombre de una empresa que le resultaba familiar: Bomark Logistics. Era una especie de informe. Caroline le dio el papel al asistente de Valente sin decir nada y se preguntó qué negocios tendría éste con la empresa rival de Hales. ¿Estaría intentando comprarla? ¿O estaba haciendo que investigasen a la competencia?

Eso le hizo pensar en dos cosas de las que quería hablar con él en detalle: Agnese Brunetti y Bomark Logistics. Valente tenía un alma oscura, veneciana, y era un fiero defensor de su intimidad. Caroline respiró hondo antes de entrar en la limusina y se giró hacia él, pero Valente ya estaba hablando por teléfono. Sería más fácil sacar aquellos temas en el avión de vuelta a Venecia, decidió por fin.

Aunque Valente tenía otros planes mucho más urgentes...

Capítulo 10

CON LA mirada ardiente de deseo, Valente abrazó a Caroline minutos después de despegar.

–Te he echado de menos, *bella mia*.

A ella se le aceleró el corazón mientras fingía sorpresa e intentó que su mirada fuese desafiante.

–Pues no me lo has dicho por teléfono. Ni una sola vez.

Valente dejó caer la cabeza hacia atrás y se echó a reír. Luego, se encogió de hombros.

–No soy de los que dicen cosas para alimentar el ego de las mujeres.

–Pero solías ser más... emotivo, abierto y cariñoso.

Él se puso serio.

–Las mujeres como tú me habéis enseñado a ser más duro. No te quejes de tu propia obra –le advirtió mientras se inclinaba para mordisquearle la oreja.

Caroline se estremeció.

–No estás siendo justo –le dijo, molesta, cansada de que siguiese culpándola de lo que había ocurrido cinco años antes.

Él también había tomado decisiones que habían

tenido grandes repercusiones, como marcharse del país, de modo que a ella le había sido imposible localizarlo por otro medio que no fuesen las cartas.

—¿Desde cuándo es justa la vida? —replicó él.

Y en un esfuerzo por concluir aquella conversación, la besó con toda la pasión que se le había ido acumulando en su ausencia. No había dormido ni una noche del tirón desde su partida.

La hostilidad de Caroline se quedó en segundo plano cuando su cuerpo respondió instintivamente al beso y se apretó contra el de él, que la levantó agarrándola por el trasero y la acercó más, hasta hacerle notar el viril calor de su erección.

—Te deseo tanto que me duele —gimió Valente.

No podrían hablar de verdad hasta después de aquello, pensó Caroline, y enseguida se reprendió por hacerlo. Sólo unas semanas antes, Valente no se habría atrevido a demostrarle aquella pasión, y ella habría deseado huir de su lado, todavía demasiado afectada por la experiencia que había tenido con Matthew.

Consciente del poder que Valente le había devuelto y convencida de que ningún hombre que hubiese estado con otra podría desearla tanto, se echó a reír cuando Valente la condujo hasta un compartimento privado. Nunca se había sentido tan deseada. Se sentía como una adolescente. Se quitaron la ropa el uno al otro y luego sus cuerpos empezaron a moverse acaloradamente, de forma sincronizada, buscando con urgencia la misma satisfacción primaria. Hicieron el amor de manera ferviente y cuando ella llegó al clímax fue como una explosión. Valente acalló sus gritos con la boca y una ternura inmensa poseyó el corazón de Caroline.

Caroline deseó quedarse allí, inmóvil, sorprendida por haber sido capaz de vivir sin él durante dos semanas. Se sintió en paz entre sus brazos, ya que él estaba tranquilo y quieto, algo poco habitual. Caroline disfrutó del olor de su piel húmeda y bronceada y de poder estar con él cuando, cinco años antes, había pensado que ya nunca tendría esperanza ni felicidad. ¿Y si las cosas eran distintas en esos momentos, porque él no quería su amor, acaso había algo perfecto? ¿Podía dejar ella lo que tenían por una vida sin él? En ese instante, pensaba que no.

—Aterrizaremos dentro de menos de una hora, *bellezza mia*. Tenemos que movernos —Valente se apartó de ella suspirando.

Y ella quiso creer que se trataba de decepción por tener tan poco tiempo para estar con ella.

No obstante, antes de que se marchase, Caroline estaba decidida a satisfacer su curiosidad acerca de varios asuntos.

—Hay un par de cosas que me gustaría preguntarte —le dijo.

—¿Agnese? —adivinó Valente con alarmante precisión, fulminándola con la mirada—. Sí, fuimos amantes, pero se ha terminado porque ahora te tengo a ti.

—¿Y por qué fue a verte?

–Tenía la esperanza de que yo hubiese cambiado de opinión después de un mes de matrimonio. Agnese es una mujer muy segura de sí misma.

–Ah...

A Caroline le sorprendió que fuese tan franco, porque Matthew le había mentido una y otra vez.

–¿Estabas enamorado de ella? –le preguntó.

–Era más un acuerdo práctico que una historia de amor.

–¿Quieres decir que era tu amante?

–Sí. Yo pagaba sus facturas y ella... Bueno, supongo que no quieres que te cuente nada más.

Caroline se sintió sorprendida.

–¡Cómo puedes tener tanta sangre fría!

–Nos convenía a ambos. No todo el mundo quiere compromisos y promesas, Caroline –le dijo él en tono irónico.

–Tengo otra pregunta –continuó ella, ignorando su último comentario–. ¿Qué tienes que ver con Bomark Logistics, en Inglaterra?

Valente se quedó inmóvil por unos segundos.

–Ya hablaremos de ello en profundidad cuando estemos en casa –le respondió.

A Caroline le enfadó aquella respuesta. ¿En profundidad? ¿A qué se refería? De los dos asuntos, a ella le había parecido que el de Agnese Brunetti sería el más controvertido, hasta había pensado que tal vez Valente no querría satisfacer su curiosidad. Al fin y al cabo, la relación que hubiese tenido con ella antes de su matrimonio, no era asunto suyo. La pregunta acerca de Bomark Logistics la había planteado sólo por curiosidad. ¿Por qué no le daba una explicación inmediata al respecto?

Mientras completaban el trayecto de vuelta al *palazzo* Barbieri, Caroline se sintió cada vez más inquieta por la aparente preocupación de Valente. Tenía las líneas del rostro muy tensas y estaba serio. La tensión descendió cuando entraron en el palacio y Koko salió corriendo en dirección a Caroline para darle la bienvenida, y a los pocos segundos luchó por que la soltarse para poder darle el mismo recibimiento a Valente.

—¿Cómo te las has arreglado para conseguir caerle bien? —exclamó Caroline, sorprendida al ver a su gata frotándose contra las piernas de Valente y ronroneando a todo volumen.

—Te marchaste, así que me quedé sin competencia. Se sentía sola —le explicó Valente, levantando a la gata para acariciarla.

En el espléndido salón, con la luz rojiza del atardecer filtrándose por las puertas del balcón, Valente se giró por fin hacia ella.

—¿Cómo has averiguado que tengo algo que ver con Bomark Logistics?

Caroline se lo explicó, y él le dijo que ni siquiera se había dado cuenta del incidente de la hoja.

—Así que no sabes nada —le dijo, frunciendo el ceño—. Podría mentirte. Y me siento tentado a hacerlo, porque sé que no va a gustarte la verdad, pero en términos empresariales no hice nada malo.

—¿Puedo saber de qué estás hablando? —insistió ella—. ¿Has comprado Bomark Logistics o algo así?

¿Creías que me disgustaría porque es la empresa que le quitó el mercado a Hales? No soy tan tonta...

Valente la miró fijamente.

—Yo creé Bomark hace tres años. Es mía, y soy responsable de cada movimiento que ha hecho la empresa desde entonces.

Caroline se quedó sin habla al oír aquello.

—Eso no es posible —dijo por fin—. ¿Es tuya? ¿Siempre ha sido tuya? Quiero decir... ¿por qué hace tres años?

—La creé para competir con Hales y conseguí que vuestro gerente, Sweetman, obtuviese un puesto de trabajo mejor en Londres —le aclaró él a regañadientes.

—¿Por qué? —volvió a preguntarle ella—. ¿De verdad querías hundir el negocio de mi familia?

Valente asintió en silencio. No había esperado que Caroline se mostrase tan sorprendida. Cualquier mujer taimada lo habría comprendido sin tener que hacer preguntas. No obstante, era evidente que Caroline no entendía lo que él le estaba intentando explicar.

—No lo entiendo. Supongo que debiste de quedarte muy amargado y enfadado cuando no me casé contigo hace cinco años —murmuró—, pero ¿por qué fuiste contra el negocio de mi familia?

—Porque culpaba a tu familia tanto como a ti de lo que había ocurrido.

—Pero si tú sabías que no podía ir a la iglesia. Sabías lo mucho que sentía que mi mensaje no te hubiese llegado a tiempo —razonó Caroline—. Sé que mis padres se comportaron mal, y que te trataron de manera injusta, pero no creo que eso fuese motivo para que decidieses destruir nuestro negocio.

Valente se preguntó por qué decía Caroline que él había sabido que no podía ir a la iglesia. Desconocía las excusas que ella le había escrito en su carta y eso lo exasperaba todavía más, no obstante, estaba decidido a no hacerlo ver. Con respecto al mensaje que acababa de mencionar, tampoco sabía nada. La familia de Caroline había decidido deshacerse de él fuese como fuese, y que ella lo dejase plantado en el altar había sido un método muy eficaz para que él no intentase volver a ponerse en contacto con ella.

—Quería que pagaseis por lo que habíais hecho —confesó Valente.

Ella rió con desgana.

—¿No crees que tres años y medio casada con Matthew Bailey fue suficiente pena para mí?

—Yo pensaba que estabas disfrutando de un feliz matrimonio con tu novio de la infancia. No me enteré de que las cosas no habían sido tan perfectas hasta después de la muerte de Bailey.

—¡Matthew y yo nunca fuimos novios! —protestó Caroline—. ¿De dónde te has sacado esa idea? Éramos sólo amigos. Yo lo tenía en gran estima, y respetaba su opinión. Admito que me tuvo engañada hasta que me casé con él. Pero nunca tuvimos una relación, ni antes ni después de casarnos. Me casé con él de rebote.

—Lo de que erais novios de la infancia me lo dijo

tu padre. Joe vino a verme una semana antes de nuestra boda y me acusó de haberme metido entre Matthew y tú y de haberte arruinado la vida. Me dijo que era a Matthew a quien querías en realidad e intentó sobornarme.

Caroline se quedó horrorizada al oír aquello.

–¿Por qué no me lo contaste? No tenía ni idea.

–Porque ya estabas suficientemente nerviosa. No quería meterte más presión y confiaba en que me querías –admitió Valente, haciendo una mueca.

–Y te quería. ¡Te quería! –proclamó Caroline–, pero jamás respondiste a mis cartas. No me llamaste. No eres capaz de emocionarte ni de perdonar, ¿verdad? El hecho de que hayamos tardado casi dos meses en hablar del pasado lo dice todo. ¡Me borraste de tu vida como si no te importase nada!

Él la miró con indignación.

–¿Qué esperabas después de dejarme plantado en la iglesia? Raro sería el hombre que perdonase semejante ofensa.

–No me querías lo suficiente, Valente –le dijo Caroline–. Cuando ahora me dices que no volverás a sentir eso por mí, no es tanta la pérdida, ¿verdad? Un hombre que me hubiese querido de verdad habría luchado contra su orgullo y habría vuelto a hablar conmigo, pero tú, no. ¡Tú también me abandonaste a mí!

–¿Que yo te abandoné? –inquirió él, iracundo.

–Me quedé destrozada. Pensé que ya no merecía la pena vivir y entonces llegó Matthew, un amigo comprensivo, justo cuando más lo necesitaba –recordó Caroline con los ojos llenos de lágrimas–. Poco después, mis padres empezaron a decirme que sería muy feliz si me casaba con él. Matthew me lo pidió. Tú no estabas allí. Yo cedí ante tanta presión. Matt decía que era un matrimonio entre amigos, pero ni siquiera nuestra amistad duró. Sí, fui una idiota, y caí voluntariamente en la trampa, pero si no hubiese sido tan infeliz, tampoco habría sido tan tonta.

Aquella explicación no se parecía en nada a las conclusiones que había sacado Valente de la situación.

–Pensé que habías utilizado a Matthew para ponerme celoso. Y también pensé que te habías dado cuenta de que lo querías más que a mí.

Caroline se limpió las lágrimas con las manos temblorosas.

–Bueno, tal vez si hubieses tenido el suficiente interés, habrías averiguado la verdad por ti mismo, pero ¿por qué estamos teniendo esta conversación ahora?

–Porque es una conversación que debíamos haber tenido hace mucho tiempo –admitió Valente entre dientes, dolido por sus acusaciones y lleno de rabia.

–Pero todo eso ya no importa. Ahora me interesa más saber por qué creaste Bomark Logistics tres años después de que rompiésemos. Me parece horrible que sólo quisieras venganza. Eso vuelve a demostrarme que se me da fatal juzgar a las personas.

–Yo no soy como tú, *bella mia* –le dijo Valente–. Cuando me pegan, no pongo la otra mejilla. Y nunca lo haré.

Caroline lo miró de forma beligerante.

–Pero crear una empresa sólo para destruir a la de mi familia, es imperdonable.

–Te quería a ti. Siempre has sido mi única meta.

–Pero la creaste hace tres años, ¡cuando Matthew todavía estaba vivo y yo era su esposa!

–Me daba igual que estuvieras casada.

Caroline lo miró y luego se giró para acercarse a la ventana. Valente era tan agresivo, tan destructivo, no le daba ningún reparo admitir los métodos que había empleado. ¿En una palabra? Era despiadado. No obstante, en el pasado no había visto esa faceta de él. Le había parecido mucho más humano. ¿Era aquél el hombre al que amaba?

–Ningún coste era demasiado alto, ¿verdad? –lo acusó Caroline con desprecio–. ¿Cómo crees que ha afectado el declive de Hales a la salud de mi padre? Le ha roto el corazón. Era la empresa de su padre, y se sintió muy avergonzado de no ser capaz de mantenerla a flote. No te importaba hacerle daño a mi familia porque seguías pensando que yo te había fallado.

–Es que me fallaste.

–¿Cómo que te fallé? ¿Por ponerme enferma? ¿Por pasar la noche antes de nuestra boda en el hospital? ¿Cómo puedes pensar que fue culpa mía? –le replicó ella–. Fue el destino. Las dudas y los miedos que me atormentaron a la mañana siguiente, mientras tú estabas en la iglesia, sí fueron culpa mía. Lo admito. Pero, aun así, no estaba lo suficientemente bien para salir de la cama y tomar decisiones por mí misma.

–No sé de qué estás hablando –le dijo Valente–. Ya te he dicho que no leí tus cartas.

–¿Ninguna? –le preguntó ella, girándose de nuevo a la vez que se llevaba la mano a la boca.

Había desnudado su corazón en esas cartas y no había tenido respuesta porque Valente ni siquiera se había molestado en leerlas.

Intentó recomponerse antes de mirarlo a los ojos.

–No eres el hombre que pensé que eras hace cinco años. Decidiste destruir a mi familia, a pesar de haber perdonado a la del hombre que violó a tu madre... No lo entiendo. ¿Por qué no nos pudiste perdonar ni a mis padres ni a mí?

Valente la vio darse la vuelta e ir hacia la puerta.

–¿Adónde vas?

–Voy a tumbarme... Me temo que voy a tener otra migraña –admitió Caroline muy a su pesar, frotándose las sienes–. Luego me marcharé a Inglaterra en cuanto pueda, porque me das miedo.

–¿Por qué te doy miedo? –inquirió Valente enfadado e indignado por aquella acusación.

–¿Me dices que llevas años conspirando contra mí y mi familia y no entiendes que me des miedo? –le dijo ella con incredulidad–. ¿Acaso te parece un comportamiento normal?

Caroline se tumbó en la cama con una mezcla de angustia y sorpresa. ¿Cómo podía haber sido Valente tan cruel como para destruir de manera deliberada el modo de vida de su familia? Era cierto que sus padres no eran los de él, pero estaban en una edad muy vulnerable. ¿Acaso no tenía conciencia? Aunque, ¿cuántas personas le habían demostrado amor a él? Sin duda, su madre debía de haberlo querido, pero había muerto cuando Valente era un adolescente, y después de contarle que era el producto de una violación. Valente siempre había conocido las facetas más duras y dolorosas del deseo y del amor. Todavía pensaba que Caroline le había fallado deliberadamente cinco años antes. ¿Cómo podía ser tan testarudo? No obstante, en esos momentos, ella lo entendía mucho mejor, porque lo tenía todo claro en su mente. Despreciaba su amor en el presente porque no creía tampoco que lo hubiese querido en el pasado. El amor de mujeres como Agnese Brunetti había sido por su dinero, y por su cuerpo, no por el hombre que había en él.

Valente había triunfado en general, pero no sin antes sufrir muchos avatares y rechazos. A Caroline le dolió figurar sólo como una más de las personas que lo habían rechazado cuando, en realidad, lo había querido mucho. Y lo que él había sentido por ella también había sido lo suficientemente fuerte como para querer tenerla cinco años después. De hecho, se había esforzado mucho en volver teniendo una posición de poder, aunque ella habría vuelto a su lado por voluntad propia si él se lo hubiese pedido.

Valente buscó con impaciencia entre el contenido de la caja fuerte que tenía en la biblioteca. Estaba

ciego de ira y todavía le ponía más nervioso sentir que
estaba a punto de perder el control. Por fin encontró
la carta. No sabía por qué la había guardado, si bien
se había negado a rebajarse a leerla. De hecho, había
tirado todas las que habían ido llegando después. Por
fin iba a saber de qué le había estado hablando Caroline, aunque seguramente eran todo excusas y mentiras dichas para quedar mejor delante de él.

Se sentó con una copa del mejor vino de Villa Barbieri y abrió el sobre. Había ocho páginas del puño y
letra de Caroline: *Mi queridísimo, amado Valente*, co-
menzaba.

Algo se encogió en su interior y empezó a leer
con más interés. Caroline le decía que la habían tenido que llevar al hospital con una apendicitis la noche anterior a la boda. Valente se quedó helado, ya
que recordó la pequeña cicatriz que tenía en el ab-
domen. Al parecer, la habían operado mientras él la
esperaba en la iglesia. Caroline le había pedido a su
padre que se asegurase de que Valente lo sabía e iba
a verla, pero Joe Hales le había transferido dicha
responsabilidad a Matthew. Éste, por su parte, se
había negado a marcharse del hospital hasta no estar
seguro de que Caroline estaba fuera de peligro.

Impresionado por todo lo que acababa de leer,
Valente fue directo a buscar a Caroline. No sabía
qué iba a decirle. Sólo sabía que tenía que hablar
con ella como no habían hablado en toda su relación, y ése era un reto que no estaba seguro de poder superar.

Miró en el taller antes de subir al piso de arriba.

Vio los gatos de cristal en la ventana y le conmovió que los hubiese guardado durante tantos años.

Caroline oyó crujir una tabla en la habitación principal y abrió los ojos. Valente estaba a los pies de la cama.

—¿Tienes una migraña? —le preguntó.

—No, creo que era sólo la tensión —le respondió ella.

—Nunca leí la carta que me enviaste hace cinco años —admitió Valente.

—Te mandé al menos seis.

—Las tiré sin leerlas, salvo la primera, que la guardé.

—¿Para qué, si no ibas a leerla?

—No pude resistir la tentación. Hace dos meses, tuve que volver a luchar contra la tentación de leerla porque no quería que tus excusas me suavizasen, mi orgullo no me permitió correr ese riesgo.

Caroline se incorporó.

—¿Te resististe a leer mi carta como si fuese una droga peligrosa? —le preguntó ella, para asegurarse de que lo había entendido bien.

—No la había leído hasta esta noche. Y ha sido una experiencia... devastadora —confesó Valente—. Estuviste enferma. Y yo no estuve a tu lado cuando me necesitaste.

—Nadie te dijo que te necesitaba, ni que estaba enferma.

—Pero tenía que haber considerado esa posibilidad.

–Intenté llamarte esa noche...

–Tiré mi teléfono móvil por el puente del río que había al lado de la iglesia porque no quería sentirme tentado a llamarte. Quería ser fuerte.

–Sin duda, lo fuiste –admitió Caroline–. ¿Cómo no se te ocurrió que me tenía que haber pasado algo?

Valente se ruborizó.

–Pensaba que me querías, pero también sabía que tenías dudas. Tal vez esperase demasiado de ti.

Caroline se sintió muy triste.

–Era un gran desafío, dejarlo todo y a mi familia para ir a vivir a otro país, pero lo habría hecho contigo.

–Soy obstinado. Y muy orgulloso. Cuando he tenido dificultades en la vida, eso me ha hecho seguir adelante –le explicó él–, pero debí haber tenido más confianza en ti. Eso fue lo que acabó con lo nuestro, mi falta de confianza. Estaba convencido de que me habías engañado, de que tu familia te había convencido de que me dejases plantado en la iglesia.

Caroline sintió ganas de llorar. Se preguntó cómo había podido esperar que Valente tuviese confianza en ella en aquellas circunstancias, cuando tantas personas habían querido hacerle daño en su vida.

–Pensé que habías recibido mi mensaje antes de ir a la iglesia. Matthew me mintió.

–Te diste cuenta demasiado tarde de que no era una buena persona.

–¿Y tú no?

–No, yo siempre he sido despiadado –la contradijo Valente–. No habría sobrevivido ni prosperado de otra forma. Tú eres la única persona a la que permití verme sin armadura.

Las lágrimas corrieron por las mejillas de Caroline. Valente se acercó a ella e intentó abrazarla, pero Caroline lo rechazó.

–¡No me toques! ¿Por qué no leíste mis cartas?

–Porque me hacías sentir vulnerable y eso no me gustaba. Y quería que esta vez fuese diferente.

–Y lo ha sido. Me has chantajeado para que me acueste contigo.

–Y tú a mí para que nos casemos –replicó él divertido.

–Yo no lo veía así. Sabía que cuando te dieses cuenta de que era frígida te desharías de mí y te olvidarías de todas tus promesas.

Valente arqueó una ceja.

–Aunque entonces no estaba preparado para admitirlo, quería algo más que tu cuerpo.

–¿Estás intentando decirme que todavía me querías, a pesar de rechazar mi amor? –sugirió ella con incredulidad.

–Esta noche me he dado cuenta de que te quiero más que a nada en mi vida. Eres el centro de mi vida, *cara mia*. Sin ti, nada tendría significado.

Valente la abrazó con cuidado.

–Te quiero mucho –añadió en un susurro–. Nunca he podido olvidarte ni reemplazarte.

Caroline se sintió feliz.

–Y tú ya sabes lo que siento por ti –le dijo.

–No te creí cuando me dijiste que me querías –admitió él, inclinando la cabeza para besarla.

Caroline se apartó.

–Tal vez te quiera, pero eso no me hace olvidar que creaste Bomark Logistics y que me chantajeaste para tenerme en tu cama.

–¿Ni siquiera si te prometo que no volveré a hacer nada parecido?

–Eso es fácil de decir, ahora que sabes que ya me tienes en tu cama.

–Como prueba de mis buenas intenciones, podemos guardar el celibato una época. Sería un gran sacrificio –le dijo él, con un cierto tono burlón.

–En ese caso, olvídalo –le dijo Caroline, besándolo–, pero ¿cómo te atreviste a pedirme también un hijo?

–Porque pensé que así te tendría para siempre.

–No puedo creer que te quiera tanto... –susurró Caroline, sintiéndose culpable por su falta de resistencia.

–Y yo nunca dejaré de quererte –le aseguró él.

–Ni yo a ti.

Y aquél fue el momento más maravilloso para Caroline, que vio en su mirada que la amaba tanto como ella a él. Por primera vez en muchos años, se sintió segura y supo que estaba donde tenía que estar. Se fundió en su abrazo y se preguntó si su hijo, porque estaba convencida de que lo tendrían, sería moreno o rubio...

Cuando nació, dieciocho meses después, Pietro Lorenzatto se parecía a su padre en los rasgos y en la constitución, pero era rubio como su madre.

–Las mujeres se volverán locas por él –aseguró su abuela Isabel–. Lo tiene todo: es guapo, tiene dinero, posición social...

–Y buena salud, como su padre y sus antepasados –bromeó Joe Hales abrazando a su hija. Y tocando el diamante que llevaba colgado del cuello.

–Te veo bien, Caro. Y veo que tu marido ha estado otra vez gastando dinero.

–No digas tonterías, Joe, puede gastarse todo el que quiera –replicó Isabel–. Valente sabe cómo tratar a Caroline. Tienes un marido maravilloso al que le encanta hacerte regalos.

Ella sonrió, preguntándose qué diría su madre si supiera que el regalo que más le había gustado era un gato negro hecho en cristal de Murano que le había regalado Valente por el nacimiento de su hijo.

Habían pasado dos años desde que se habían casado y las cosas habían ido cada vez a mejor. Caroline iba algún fin de semana a ver a sus padres a Inglaterra y éstos pasaban largas temporadas con ellos en la Toscana.

A Koko le habían buscado un compañero Siamés llamado Whisky. Valente había accedido a tener en casa un gato más, pero se había negado tajantemente a que los gatos se reprodujesen.

Hales y Bomark Logistics se habían fusionado y nadie había perdido su puesto de trabajo. Joe se pasaba por la empresa de vez en cuando y su marido se había convertido en uno más de la familia, algo muy importante para ella.

Esa noche se iba a celebrar una fiesta en Winterwood, y sus padres acababan de bajar a recibir a los primeros invitados. Ella se quedó mirando a su hijo con una sonrisa, estaba dormido. Su llegada los había hecho muy felices.

Volvió al dormitorio principal a ver si Valente, que acababa de llegar para asistir a la fiesta, se había cambiado ya.

Lo vio frente al espejo, peinándose. Y él se giró para mirarla.

—Estás preciosa con ese vestido, aunque mi favorito sigue siendo el de novia. No puedo creer que al mes que viene hagamos dos años de casados, tesoro mío.

—Umm —dijo ella, abrazándolo—. Estoy deseando disfrutar de la fiesta de disfraces.

—Yo odio disfrazarme —admitió Valente.

—Pues vas a estar muy guapo, vestido como tus antepasados —le dijo Caroline, ya que los diseños de sus trajes se habían sacado de dos retratos de la familia Barbieri.

Valente la miró a los ojos y contuvo las ganas de besarla para no estropearle el maquillaje.

Ella sintió el mismo deseo. Lo agarró por las solapas de la chaqueta y se besaron con pasión.

—Tres días sin ti son como un mes —le confesó Valente.

—Yo también te he echado de menos —le dijo ella.

Unos segundos después bajaban juntos las escaleras.

–Quería habértelo dicho antes... –empezó Caroline–. Koko está embarazada. Vamos a tener gatitos.

Valente miró a su esposa divertido.

–Has escogido el momento perfecto para contármelo, cariño.

Caroline sonrió y le apretó la mano. Era tan feliz que ni siquiera podía hablar...

Bianca™

*Lo perdió todo y además se quedó embarazada
de un noble francés...*

El conde francés Jean-Luc Toussaint jamás había visto tal belleza en una mujer. La fogosa interpretación de la delicada pianista lo hipnotizó por completo y deseó saborear en primera persona esa pasión.

Completamente enamorada del conde, Abigail Summers pensó ingenuamente que podría tener un futuro a su lado. Tras una noche de amor, descubrió que estaba embarazada... y sola. Todo cambió cuando el francés leyó los titulares de los periódicos y regresó a su lado para reclamar lo que era suyo...

El conde francés

Kate Hewitt

Acepte 2 de nuestras mejores novelas de amor GRATIS

¡Y reciba un regalo sorpresa!

Oferta especial de tiempo limitado

Rellene el cupón y envíelo a
Harlequin Reader Service®
3010 Walden Ave.
P.O. Box 1867
Buffalo, N.Y. 14240-1867

¡Si! Por favor, envíenme 2 novelas de amor de Harlequin (1 Bianca® y 1 Deseo®) gratis, más el regalo sorpresa. Luego remítanme 4 novelas nuevas todos los meses, las cuales recibiré mucho antes de que aparezcan en librerías, y factúrenme al bajo precio de $3,24 cada una, más $0,25 por envío e impuesto de ventas, si corresponde*. Este es el precio total, y es un ahorro de casi el 20% sobre el precio de portada. !Una oferta excelente! Entiendo que el hecho de aceptar estos libros y el regalo no me obliga en forma alguna a la compra de libros adicionales. Y también que puedo devolver cualquier envío y cancelar en cualquier momento. Aún si decido no comprar ningún otro libro de Harlequin, los 2 libros gratis y el regalo sorpresa son míos para siempre.

416 LBN DU7N

Nombre y apellido	(Por favor, letra de molde)	
Dirección	Apartamento No.	
Ciudad	Estado	Zona postal

Esta oferta se limita a un pedido por hogar y no está disponible para los subscriptores actuales de Deseo® y Bianca®.
*Los términos y precios quedan sujetos a cambios sin aviso previo.
Impuestos de ventas aplican en N.Y.

SPN-03   ©2003 Harlequin Enterprises Limited

Deseo™

Seducida por el millonario

SUSAN MALLERY

A Duncan Patrick, un poderoso hombre de negocios, no le gustaban los ultimátums, a menos que fuera él quien los diera. Pero la junta le estaba exigiendo que cambiara su dura imagen pública. Cuando conoció a la dulce Annie McCoy, profesora de guardería, supo que lo haría parecer como un ángel... aunque tendría que recurrir a manipulaciones diabólicas. Consiguió que Annie se hiciera pasar por su amante, pero ahora necesitaba que lo fuera en la vida real. ¿Lograría el ejecutivo gruñón desplegar el encanto necesario para seducir a la mujer a la que casi había destruido?

Iba a sufrir una transformación completa

Bianca™

***¿Podría el bebé que llevaba en su interior hacer
que él aprendiera a amar?***

La violinista Eleanor Stafford no estaba acostumbrada a las fiestas, de modo que no fue una sorpresa que se quedara deslumbrada por el inquietante ruso Vadim Aleksandrov. La vibrante atracción la hizo perderse en esa embriagadora sensación... y arrojarse a sus brazos.

Pronto, se vio viviendo con él en su villa mediterránea, asistiendo a fiestas llenas de glamour y colmada de lujos. Debería haber estado eufórica, pero en el pasado de él había algo tan oscuro, que ni siquiera su virginal dulzura era capaz de sacar a la luz...

Amor ruso

Chantelle Shaw